MPR出版物链码使用说明

本书中凡文字下方带有链码图标"====="的地方,均可通过"泛媒关联"的"扫一扫"功能,扫描链码获得对应的多媒体内容。

您可以通过扫描下方的二维码下载"泛媒关联"APP

大家小说系列 / 悟澹 主编

止痛针 患者 小歪的秘密 魔咒

止痛针

王麟 著

既然疼痛是失去平衡后的心理放大，那恢复平衡，疼痛就被忘记，生命新的意义也就诞生于此。

中山大学出版社
·广州·

版权所有　翻印必究

图书出版编目（CIP）数据

止痛针 / 王麟慧著. —广州：中山大学出版社，2019.7
（大家小说系列 / 悟澹主编）
ISBN 978-7-306-06562-9

Ⅰ. ①止… Ⅱ. ①王… Ⅲ. ①长篇小说－中国－当代 Ⅳ. ① I247.5

中国版本图书馆 CIP 数据核字（2019）第 010145 号

出 版 人：	王天琪
策划编辑：	曾育林
责任编辑：	曾育林
封面设计：	亮堂设计工作室
装帧设计：	
责任校对：	杨雅丽
责任技编：	黄少伟
出版发行：	中山大学出版社
电　　话：	编辑部 020-84111996，84113349，84111997，84110779
	发行部 020-84111998，84111981，84111160
地　　址：	广州市新港西路 135 号
邮　　编：	510275　传　真：020-84036565
网　　址：	http://www.zsup.com.cn　E-mail：zdcbs@mail.sysu.edu.cn
印 刷 者：	广州家联印刷有限公司
规　　格：	880mm×1230mm　1/32　5.375 印张　150 千字
版次印次：	2019 年 7 月第 1 版　2019 年 7 月第 1 次印刷
定　　价：	48.00 元

如发现本书因印装质量影响阅读，请与出版社发行部联系调换

体验王麟慧的恍惚之爱

王麟慧的小说叙述的故事并不新奇,比如《止痛针》,说穿了,无非就是浪漫主义旧瓶中装了"深夜的温情"和"网恋"之类的新酒,主题也并非多么的深刻,无非"孤注一掷爱一次"的渴望与尝试心灵与肉身达成的新平衡。既如此,小说让人欲罢不能,一口气读到底,必有其独到的因由。

王麟慧是我多年朋友。她写诗,"意象灵巧、细节生动","善于透视身边平凡事物,发掘其背后所蕴藏的温情与意义"(柯平语);她写散文,笔意率性,游走世间万物,洞悉并呈示人性的斑斓繁复,是智者仁厚宅心的美学宴请。这一切就像她经常请茶请饭请聊天一样,我是老脸皮从不言谢,似乎理所当然。

可是,《止痛针》给我带来了一种从未有过的体验。我所说的"体验",是一种"感同身受的检验",我感觉一种身体的恍惚与心灵的眩晕。

如前所述,《止痛针》是一部新奇不多的小说,即使换了背景,多了许多网络时代新鲜元素,比如连人物的名字都叫"天翼""古哥""冬瓜太郎"之类,但穿插其间的"孤男寡女""浪迹天涯""大团圆"情景,让故事及主旨并未超越出她的乡贤前辈如东吴大学施雪华的《神秘的发网》,探讨的依旧是真爱与道德、真诚、信任的关系,尽管是罩在现代性焦虑这一总框架下,其感人所在无非一个"情"字,但王麟慧毕竟有着她的独到之处。

这种独到之处首先是一种"吊胃口"的本领。小说阅读的快感在于吊胃口,也就是善于讲故事,让一件件平淡无奇之事一波三折地剥开来,似有似无的内核渐渐崭露头角。《止痛针》已经具备了很能吊读者的胃口——至少像我这样的门外汉小说读者的胃口的功能。癌症复发的宜兰,28岁,女孩,却是"一个快要死去的人",没有谈过恋爱,孤独得只有疼痛像朋友一样形影相随;摄影师古哥由于"自私、狭隘、可恶的忌妒"无意中害死了朋友而背上"沉重"的心理包袱，长期生活在阴影与悔疚中。两人偶然地网络相约远游泸沽湖。这足以吊起大家的阅读欲望。况且小说中途还设置了"天翼与央金""卓玛爸妈"的故事，加之以泸沽湖的神秘民俗与湖光山色，在娓娓动听的叙述中，怎能不逗得你一愣一愣的，生出些恍惚来？用专业术语来说，这是一种小说线性结构上的繁复与丰富，新手往往难以娴熟把握。

因之总有些恍惚，这是王麟慧的小说？或者说，朴实的王麟慧，做得出如此活色生香、形味多姿的菜肴？

这种独到之处还在于"营养师"的身手。小说的功效在于让读者微妙地体悟人性冲突的复杂与多元。《止痛针》在表层结构以下还掩映着一个深层结构，其诗化意蕴的营造颇值玩味。"止痛针"本身就具有深刻的韵味，"止痛"的对象是什么？"止痛"的主体是谁？所"止"的"痛"究竟有多深多沉？如此等等，不一而足，是一个开放性的结构。宜兰与古哥，"一个是肉体的疼痛，一个是心灵的疼痛""一个是寻找爱情，然后安静地死去；一个是寻求赎买，然后好好地活着"……这些看似平淡却异常绚烂的话语充满了诗的质地，十分耐人咀嚼，构成一个召唤性语义场。即使是古哥针对宜兰洗澡而受凉一事说出的话也深有所藏：

"还一会儿左，一会儿右，三心二意，热水才不理你呢！"

是的，爱是一种信任，真诚而无所保留，直到达成微妙的默契的生命过程。处于现代性焦虑下的现代人，面对令人头晕目眩的诱惑，谁能够把持着一种执着的守望与等待？这样的文字，一般的诗人真的能很自信地写得出来？罗伯特·勃莱说过："诗人是为人生输送营养液的人。"现在看来，诗意化的小说家何尝不是如此？

我们生活在无所不在黑暗中，面对着人性的弱点、欲望的邪恶，人无时无刻不泅渡在暗夜之中。上帝说应该有光，于是大地上就有了光。或许，优秀的小说家就是生活中的上帝，他们常常让人能够洞悉到自身的黑暗，看到月亮的另一面，看到我们生命中深藏着的黑暗。

马里奥·巴尔加斯·略萨在《文学有什么用》一文中曾经痛切地"担心"——"因为技术进步和我们对技术的臣服",世界与人心完全"可能成为严重缺乏文明,成为那些放弃自由的后文学时代的无灵魂者的荒原"。在文学日益成为冷漠的炫技与才情的表演的当下,大部分当代诗歌与小说已经成为我们生活中不可承受之"痛"。

王麟慧用她的写作表明,"止痛针"握在每个作家自个儿手中:唯有爱,才能让我们内心的雷霆回到一滴水的安静!

沈健:教授,文学评论家,出版专著《浙江先锋诗人14家》《我对诗歌所知甚少》、诗集《纸上的飞翔》等。

001 / 止痛针

049 / 患者

083 / 小歪的秘密

135 / 魔咒

157 / 后记

1

止痛针

阳光灿烂的一个早上，宜兰被一阵疼痛揪醒。她艰难地抬头看了床前柜子上的时钟，七点，这才想起昨天晚上赶着做一个专题片，加班直到凌晨五点，回家倒头就睡，困劲最浓的时候，却被一阵疼痛揪醒。这是什么样的疼痛啊，尾椎骨顶着周围的神经，疼痛放射性地扩散到全身，然后又收缩到胸口，一口气堵上来，有些气喘不匀，腰忍不住弓起来，脚抽搐着弯到胸口。整个人成个婴儿在母亲胎里的状态。有点像老天爷故意作对似的，宜兰的手机不合时宜地响了起来。

　　"你好！"

　　宜兰颤抖的声音轻得像蚊子嗡嗡声。

　　"怎么回事？不会太阳晒屁股了还没起床吧？"

　　是频道总监刘剑，宜兰的小学同窗，听这语气，显然有点不开心了。

　　宜兰没吭声。她已经疼得说不出话来。

　　"我说宜兰呀，你的谱也摆得忒大了吧。说好了今天去许村采访的，车都在楼下了，你居然还没起床！"

　　老同学的话里，明显带着新闻腔。

　　宜兰突然想起，这是几天前安排的一个采访。宜兰一下子惊醒了。

　　许村发现了一处良渚文化遗址，考古队正在那里发掘文物，村干部跟刘剑是部队战友，第一时间向刘剑爆料，透露了消息。

　　刘剑何许人？当兵的。在部队练就的敏锐让他感到了此信息的新闻价值。因此，他亲自带队，安排采访。他拉上宜兰，是让她去做现场报道。

宜兰以前是主持人，文笔又好，两年前被提拔当了制片人，渐渐淡出了主持这一行。不过她偶尔还会客串主持，出个现场什么的。昨晚加班，宜兰早把这茬儿抛到了九霄云外。

"对不起，我病了，不能去！"

宜兰坚持着说完这句话，就什么也不知道了。

宜兰醒来时，发现自己躺在洁白的病房里，似曾相识的感觉再次重现。她的同事安琴瞪着一双漂亮的大眼睛，焦急地说："你总算醒了，可把我们吓坏了。刘总听到你声音不对，后来怎么叫你也不答应，赶紧让我上来看看。妈呀，你像个孩子一样跪倒在床沿，你这是给谁磕头啊？"

即便这个时候，安琴依然改不了咋咋呼呼的毛病。

安琴是栏目组的图像编辑。她平时风风火火，做事说一不二，反应灵敏，工作认真勤奋、胆子大，较真儿起来，会拼着命跟人较量。有同事形容安琴跟人较劲的功夫，说"安琴从不跟人吵架，她跟谁吵架，准是谁的错"，短短一句话，把安琴倔强的个性说到了极致。

住院，对宜兰有着惊心动魄的意思。

十年前，宜兰18岁，正读高三，像含苞待放的花蕾。然而在上海的医院，宜兰被切除了子宫。那么干脆地选择了切除，可见当时病情的严重。

挺过了麻醉之后的疼痛,医生告诉宜兰,以后每月一次的"倒霉"不来了,其余,跟原来一样。

最初,宜兰还暗自为那个每月一次的"倒霉"不来了高兴。

这在今天实在匪夷所思,很多人戏称"都已经到了要到幼儿园找处女的年代了",宜兰居然连这点常识都不懂,有悖常理。但那是真实的。她的确不知道女人不能生孩子意味着什么,许是无暇顾及。她年轻的心陶醉在亲人所说的坚强里。她独自在上海的街头漫无目的地闲逛,不过是想找出一条去医院最近的路。这样做的理由,是希望绕开路上令她害怕的一条狗。当然,宜兰也不明白所谓的治疗就是化疗,是为了杀死像种子一样埋在体内的癌细胞。这比狗可怕多了。

2010年,宜兰28岁了。十年后重进病房,来苏水消毒液的味道卷土重来。疼痛像花,几乎开遍了宜兰身体的每一个细胞。疼痛过后,是前所未有的累。宜兰没有力气,骨头软得没筋了。无法走楼梯,直不起腰,连上洗手间都要妈妈扶着,宜兰从妈妈忧郁的眼神和医生跟她躲躲闪闪的对话里读到了绝望。

她瞬间心慌,喘不过气来。天,仿佛要塌下来,不祥的预感席卷而来,她怀疑十年前埋在身体里的种子开花了。

事实上,宜兰被切除的,是被癌细胞吞噬的器官,而癌细胞的种子一直埋在宜兰体内,蓄势待发。按理说,七年是个分界线,它像一堵墙,墙的这边是健康,墙的那边是随时要到来的癌症。

据民间说法，躲过了七年，就算上是挺过了安全期，可以高枕无忧了。为什么偏偏宜兰的运气那么背，十年后又复发了？宜兰感觉自己一直担心害怕的魔鬼又来敲门了。自己还那么年轻，甚至没有谈过恋爱，所有这个年龄的女孩该有的快乐，她还没有经历过，难道就要这样告别世界了？也太亏了啊。

妈妈的那张脸越来越像苦瓜，她不安的眼神让宜兰感到害怕。

妈妈实在太冤了，宜兰想。爸爸在宜兰8岁的那年就因交通意外去世了。妈妈一个人拉扯着宜兰长大，在宜兰18岁那年，又经历了她生死一线的子宫癌，好不容易盼到宜兰康复，顺利考上大学，然后毕业，进了电视台工作。宜兰一步一步走来，妈妈有多少的担心和快乐，却在生活刚刚开始向她们母女微笑的时候，再次面临宜兰的灭顶之灾。

十年后，妈妈以为宜兰已经躲开了恶魔，不想恶魔却又面目狰狞地出现了。

闰五年的五月十五日，月亮出奇地亮，把大地上染成了一片霜。树叶在微风中舞动，把大地装扮成一个舞台。宜兰站在病房的窗前，脑海里闪现的是一部朝鲜电视剧里的明成皇后，她总是在月亮下高举双手吸收能量。皇后双脚八字站立，双手拥抱月亮，站成了背靠背的八字，这样的身影在月光下显得更宁静、更冷漠、更坚韧，散发着冷飕飕的光芒。宜兰记得剧情里皇后处境艰难，对手一次次地想置她于死地，但她一次次地化险为夷。皇后把这归功于吸收了月光的能量。可是，宜兰发现，月光于她几乎是灾难性的，每次疼痛发作，总是圆月当头。熟睡中的宜兰会被尾椎骨撕裂般的疼痛惊醒，大汗淋漓。宜兰尝试着大喘气，深呼吸，可是疼痛依然不减半分，并伴有严重的下垂感。宜兰尝试着倒立，疼痛才有所缓解。后来她发现，每逢疼痛来袭，只要站立起来，疼痛就有所减轻，一个多小时后，症状消失。它就像个不速之客，想来就来，想走就走。

宜兰尝试着捕捉疼痛，可疼痛却和宜兰玩起了捉迷藏。每次宜兰穿好衣服，急急来到医院急症室，疼痛就消失了。

为了查出病因，宜兰到各类医院，把肝、胆、脾、胃、肠及妇科都查了，居然没有异常。医生也纳闷：该做的检查都做了，没发现异常，疼痛究竟从何而来？医生的解释是，只有疼痛发作时来检查，才能查出病因。

重复的疼痛一次次地发生，宜兰却每次都无法在发作时捉住病痛。她开始在网络上查找资料，根据病情查病因，查治疗方法。隐约感到旧病将会复发，它始于十年前的那个手术。宜兰终于知道，十年前妈妈告诉她关于切除了一个囊肿的说法是多么可笑。当宜兰没有了女孩子所谓的"倒霉"之后，其实，已经宣告了她的身体里埋藏着一颗定时炸弹。

18岁那年的病没有影响宜兰高中毕业，也没有影响宜兰考取西湖大学的新闻系。大学四年，宜兰从宿舍到教室，总是独来独往，几乎走的是同一条线路。宜兰的用功让同学都感到害怕，他们对这个学霸敬而远之。其实只有宜兰自己知道为什么。当宜兰终于明白她是一个不能做母亲的女人后,就如同囚犯拿到了判决书一样。从此,她把感情的闸门关死了,强烈的自尊心不允许她陷入丝毫的情感纠葛,因为那可能会是一种毁灭性的打击。

毕业后,宜兰回到家乡。

命运开始向她微笑。

在崇尚"让记者开口说话,让主持人拿起笔"的年代,宜兰以第一名的成绩,通过考试进入电视台工作,当了一名记者型的主持人,而后成为制片人。

电视台的工作忙忙碌碌,生活尽管因为疲于奔命而略显浮躁,但宜兰回到家是开心的。相依为命的妈妈把家安排得井井有条,闲下来一杯咖啡,或一本书。这样的生活让宜兰和妈妈误以为幸福就是这般模样,不多不少,正好。

然而就在半年前,宜兰突然觉得前所未有的累,然后是低热待查,去医院检查,也查不出什么原因,只好在医院输液退烧。半个月以后,低温依然不见好转,却被告知全身淋巴炎症严重,需住院观察。那一次的治疗让宜兰疑窦丛生。没有针对何种病因的治疗,只是单纯的头痛医头,脚痛医脚,所谓的治标不治本。有一次,医生把妈妈叫去谈话,宜兰发现,妈妈从医生处回来时神色就变了。她不看宜兰的眼睛,只是一个劲地擦桌子,宜兰就开始怀疑了。

第二天是周日,金医生值班。这是宜兰的一个机会。金医生和妈妈是插队时的朋友,她们曾经在一起当知青,有很铁的关系。

"我究竟是什么病?为什么淋巴会有炎症?"宜兰一大早就去找金医生。

金医生正在写病例,她漫不经心地说,一般的炎症,对症治疗就会好的。

"是淋巴炎症吗?"宜兰刨根问底。

金医生突然警觉地抬起头来,又觉得不对,马上故作轻松地说:"没什么大不了的,只是老毛病又犯了。"

这个答非所问的回答让宜兰顿生怀疑。

宜兰故意问:"是什么老毛病?"

"十年前你不是生过一个囊肿吗?又复发了。"金医生说。

宜兰更不明白了:"我的囊肿早就切掉了,没有的东西怎么能复发?"

金医生的脸变了,她高声说:"这是一个医学上的说法,不是三言两语就能说清的。你只要安心休息,病就好了。你不觉得你的病就是累出来的吗?"

现在的医生怎么了?宜兰心想,为什么不能对患者坦诚相待呢?难道他们不明白病情的治疗离不开医患配合吗?歌手和乐队,没有配合,又怎么能合韵?

从金医生那里回来,宜兰在网上查了许多相关资料,她找到了一个熟悉又可怕的名词:"癌症晚期",且癌细胞已经扩散,遍布全身,淋巴炎症只是扩散的一个表现形式。

她突然想起妈妈曾给她讲过在乡下教书的时候,借住在一户农民家里。有一次,她放学回来,看到那家的床边粪桶在动,她惊恐地叫起来:"那里有东西!"不得已,那家男主人从粪桶里抱出了一个女婴。妈妈说,是她救了那孩子一命。原本那家准备好了,如果是男孩,就要了,是女孩,就淹死。所以才会在产床旁放一只粪桶。因为被妈妈发现,那家不得已,才要了那女孩。后来那女孩长成了一个漂亮的小姑娘,每每来看她的救命菩萨妈妈,宜兰都会在心里产生那几个奇怪的字:粪桶的另一个用处。此刻,宜兰想到了粪桶,想到了她危机四伏的心灵。

待烧一退,宜兰便像逃似地出院了。

灾难就这样不期而至。当宜兰和母亲以为已经躲过了那张死亡通知书时,通知书却来了,只不过它上面的文字改成了:"死刑,缓期执行!"

当疑惑被证实,宜兰的心反而定了。作为女儿,她为妈妈悲哀。妈妈这一辈子不容易,经历了"文革"、下乡、教书、做工、下岗、守寡,这所有的苦难,她都承受了,因为她还有一个女儿。只要女儿好好的,她就还有翻身的那一天,还有希望,还有机会,毕竟女儿是她全部的希望,是她活着的理由。可是,如今,她又将失去唯一的女儿。她的一生,注定翻不了身了。

而宜兰呢?宜兰的生命才刚刚开始,她还不知道什么叫恋爱,当年她封闭自己,只因为不能做母亲,只因为内心的骄傲,并没有生存之忧。

现在不同了，死亡判决书已经下达，宜兰变得尤为脆弱。一直以来，在她的内心，对生活是悲观的，所以选择逃避或逆来顺受。她对工作尽责，对生活却不抱任何希望。平淡是她最奢侈的愿望。对于她看不惯的东西，她采取"眼不见心不烦"的办法。即便这样，生活依然没有对她网开一面。她把自己28年的人生想了一遍，突然发现，这些年，她错过了太多。

没有穿过最喜欢的背带裙，没有为喜欢的男孩子跳上一支舞，没有和妈妈挽着手走在大街上，没有逛遍漂亮的商场，没有随心所欲地想买什么就买什么。她还没有享受人生，甚至没有去过省城以外的地方。早知这样，就不应该被所谓的"地球村"理论影响，到处走走，谈情说爱，做个漂亮而风光的女孩子。

生活又回到原来的样子。疼痛偶尔来袭，因为查不到病因，也无从治疗。有时候半夜被痛醒了，第二天宜兰会在微博里留下暗号："昨天家里来了不速之客，他不请自来，不打招呼就走，莫名其妙。"

安琴看见了，立马跟帖："亲爱的，这种人不值得你在意，别拿他人的缺点折磨自己。"

宜兰看后摇摇头："这个安琴啊，可爱的安琴！"

有一天，宜兰在网上看到了一张图片，梦幻般的湖面上盛开着一朵朵洁白的小花。花的名字也很奇怪："水性杨花"。又名海菜花,摩梭人称"开普"这种花一生只开放一次,而且只对着太阳开放,太阳下山,花便枯萎了。那么辛勤地生长,却只为了一次的绽放,不可思议。

宜兰觉得这花挺冤,明明是少有的忠贞,却被叫成"水性杨花"。想到自己,那么多人都健健康康的,为什么偏偏自己得病?还查不出原因,也冤。

面对即将到来的死神,宜兰手足无措。如果真像俗话说的"天无绝人之路",为什么宜兰要如此绝望?

至少,不能把自己交给医生和病床吧?还有爱情,哪怕是疑似爱情,宜兰也该尝试,也该给自己一个机会,给爱一个机会。就如"水性杨花",哪怕只对太阳开放,哪怕只开放一次,此生也能见到一次暖和光。

宜兰突然感觉很不甘,刹那间涌上来一个想法:一个月就好,找个男人好好爱了!那么,之后呢?宜兰会学大象,给自己找个最后的归宿。一个谁也找不到的地方。在走以前,宜兰会告诉妈妈,她去了一个好地方,那里没有病痛,也没有忧愁。最后,宜兰会叮嘱妈妈,要好好活着,要快乐、长寿,把宜兰的年纪都活回来,这才是她妈妈。

宜兰的想法的确疯狂。毕竟,男人不是商品,想要,可以到商场去买,好和坏,价钱说了算。

有一天,宜兰和安琴在单位咖啡室聊天。

宜兰若有所思地搅动着手里的咖啡,冒出了一句:"要是男朋友也像商品一样,可以到商场买多好!"

安琴突然爆发出一阵前所未有的大笑,然后意味深长地看宜兰:"怎么了?终于想谈恋爱了,是不是已经有了对象?"

"说什么呢?谈恋爱?谁要我这样不生蛋的母鸡?"宜兰第一次不管不顾地说出了自己的隐私。

安琴虽然面呈暗色,却说:"不会生孩子又怎么了?现在那么多丁克家庭,他们可不是生不出孩子。"安琴接着又说:"亏你还是电视台的人,用你眼睛的余光往旁边看去,叶子、闵慧,都没孩子,活得多潇洒,据我所知,她们同样不是生不出孩子!"

"是啊,有时候想想,都28岁了,居然还没有谈过恋爱,连我自己都不信。"宜兰缓缓地说。

"我信,你知道为什么我信吗?"安琴说。

宜兰摇摇头。

"因为你总是怀揣着一脸的心事,谁敢接近你啊?我说你怎么就不能开心点?"安琴说。

"有什么可开心的?请你告诉我!"

宜兰神色又忧郁起来。

"你年轻、漂亮,有才气。相信我,你只要谈着恋爱,交着男朋友,你的春天就来到了。"安琴的一句话把宜兰逗乐了。

"真的,不开玩笑。把你的恋爱交给我吧,我来帮你挑。"安琴毛遂自荐。

"呸,谁要你瞎忙乎!"宜兰说。

安琴才不管宜兰的想法，接着说："当然不是去商场，改个地方，咱去网上。那里的男人多的是。买，这个字以后不许说了，多没面子。不管咋地，你都掉不起这个价哦！"

安琴看似调侃的一句话当真提醒了宜兰。

晚上，宜兰就开始在网络上征友。这样的帖子在网络上是很受欢迎的，有很高的点击率。

本人想去泸沽湖，一个神秘的女儿国。诚征共同出游的朋友，以能吃苦耐劳为佳。仅一个伴哦。报名请从速，逾期不候。

西瓜惠子

宜兰耍了个小聪明，故意不说征男友，但下面的落款是西瓜惠子，把征友人的性别摆明了，而且要求吃苦耐劳，很巧妙地把征友的性别挑明了。

果然，宜兰中规中矩很书面的征友帖子，没多时就有了很多跟帖。其中一条跟帖很有意思，相比宜兰的表达，这个帖子很网络化，似乎是应对着西瓜惠子来的。

西瓜惠子，本人也想去泸沽湖，如果一起出游，偶是否可以当你滴冬瓜太郎？呵呵，吓着你了吧？开玩笑的。

宜兰惊奇于他对她心事的了解，想都没想，就给他留了言："西瓜惠子和冬瓜太郎一起出游？太棒了！"

在这段话的后面，宜兰打上了一个快乐跳舞的符号。

双方好像都愿意速成这段旅程，于是互相交换了QQ号码，有一搭没一搭地说了些话。

终于到了要出发的前夜，西瓜惠子和冬瓜太郎相约在QQ里商量行程。

"西瓜惠子要是爱上冬瓜太郎，结果会怎么样？"

这是宜兰跟冬瓜太郎聊天时说的一句话。不知为什么，宜兰觉得跟他说话，可以这样直来直去。

"当然好啊，哪怕假装爱上也好！毕竟要做好多天的伴'侣'呢！"

"错了，是旅伴，不是侣伴。"宜兰说。

"没错啊，是两口子一起出去，不是侣，难道是驴？"冬瓜太郎挺会贫嘴的。

"要出发了，能不能视频里见见？"后面的那句"免得见面不认识"还没有打出来，宜兰就啪啪啪删掉了。

对方好像有神通，居然发送了要视频说话的请求。

"我没有视频的，不好意思。"宜兰又退缩了。

"随便！"冬瓜太郎的回答很干脆。

宜兰颤抖地点击了接受键。

视频里的冬瓜太郎看起来有些俏皮且玩世不恭。

"你好,见到我了,不难看吧?"

"我也不难看的。"宜兰说。

冬瓜太郎夸张地点点头说:"可以肯定,在没有出发以前,西瓜惠子是不可能爱上冬瓜太郎滴!"

"你要对西瓜惠子有信心,她会努力的。"

宜兰挑了一张笑脸发过去。

宜兰松了口气,冬瓜太郎看起来不错,年龄也还相当,一起出门应该不至于别扭。

"我当然有信心。我是谁?大力神冬瓜太郎唉!"说完,他右手握拳狠狠地举了举。

宜兰忍不住笑出声来。她突然发现网聊其实也不那么无聊。

已经很久没有这样笑了。

两人有一搭没一搭地聊天,把旅游的细节说定了。

直到这时候,宜兰才发现,冬瓜太郎虽然和她不在一个省份,却跟她居住的城市相隔不到一百千米。于是,他们约好了到云南昆明碰头,再取道丽江转泸沽湖。

"明天昆明见!"

说完了这句话,视频里的冬瓜太郎对着宜兰挤挤眼睛,一下子就闪了。

宜兰到达昆明的时间是下午三点。根据事前的约定,冬瓜太郎到达的时间在晚上七点,这就意味着找住宿的事就落到宜兰头上。

昆明机场离宜兰在网上预定的酒店大概十来分钟车程，宜兰从下飞机到找酒店并住下，总共不到一小时，够近的。

到了酒店，宜兰才发现，怎么开房间是件很头疼的事，因此颇费了一番脑筋。

开一个房间吧，两个从未谋面的男女，一见面就住一起，实在太那个了。一个姑娘家这样做，似有引诱别人之嫌。开两间吧，又违反了自己当初要找个旅伴的初衷。

不就是想找个男人好好爱一场吗？哪怕是假装的也好，反正是不是投入真情，都无所谓了。横竖是一个死，想到这里，宜兰一咬牙，定了个双人标准间，并第一时把房间号码用短信发给了冬瓜太郎。

可是，临到登记的时候，宜兰又动摇了，就是想死也不用这样作践自己，不就是多开一个房间吗？不都快死了么？还在意多花一个房间的钱吗？所以，宜兰给自己留了条退路。她关照总台服务员，还有一个朋友说不定要来，请给保留一个房间，到晚上八点，如果到时不来办手续，房间就可以安排给他人。

酒店在昆明的市郊，五星级的，因为地理位置偏，以接待会议为多，像宜兰这样的散客很少，不会人满为患，也不会冷冷清清。宜兰从网络上查到这是一家温泉酒店，莫名地喜欢。

放下行李，时间尚早，宜兰迫不及待地去泡温泉。

宜兰没有想到酒店的温泉区有那么大，里面不仅有很多室内温泉池,诸如人参池、当归池、牛奶池、红酒池、啤酒池、菊花池、玫瑰池、薰衣草池和祛寒的姜池,还有很多室外温泉池,那是用假山砌起来的池。它们遍布在半山坡上,静静地散发着袅袅烟雾。朦朦胧胧之中感觉人是踩在云彩里。

宜兰想起了云南有一个很著名的旅游品牌:七彩云南,想来它是当得起的。宜兰从这个池跳到那个池,后来终于发现,在室外池的西面,还有更豪华的温泉别墅区。宜兰披上浴巾,漫步在别墅区,有白兰花的香味飘来,宜兰抬头一看,才发现路的两旁种了很多的白兰花,香气袭人。

这时候,恰巧有服务员经过,宜兰请她带领参观。

别墅区里有十几幢小楼,分大中小三种。宜兰逐一参观,三种别墅都看了一遍,只有大号别墅最理想,里面不仅有专门的客厅,还配有机器麻将桌。楼上是两个带有独立盥洗室的房间,外加一间共用的客厅。更令人惊喜的是,房间里的温泉池可以同时容纳四五个人一起泡温泉。

出来看看才知道,世界已经远非宜兰眼睛里的样子。生活如此美好,而宜兰却要告别这个世界。这就像一场比赛,眼看胜利在望,而宜兰却要被踢出局,失去比赛资格。宜兰一下子就感到了乏力,气喘不匀。那种无法言说的疲劳顿时排山倒海地涌来。宜兰有气无力地告诉服务员,赶紧把她带到休息的地方。

其实,从出门、坐飞机,到云南昆明,直到进了酒店开好房间,宜兰一直没有感觉到自己是个患者。她是一个游客,是到云南来游山玩水的。宜兰所有的注意力都集中在和一个陌生男人的约会上,在设想着怎么跟他约会,怎么假装爱上了他,很不可思议。宜兰将要设法爱上的,却是一个陌生人,他的名字是假的,人是真的。

缓过了疲劳,一看时间已过了六点,离冬瓜太郎到达酒店还有一个小时,宜兰要了温泉区免费提供的蒙自菊花过桥米线。累劲一过,宜兰胃口大开,居然把一大碗过桥米线都吃了。

回到房间,差不多七点了,宜兰刷牙,换睡衣,忙完了就躺在床上读诗人北岛的随笔《青灯》。这本书讲述诗人在国外流浪的经历。而最打动宜兰的,却是他开篇的那首诗:

青　灯

故国残月

沉入深潭中

重如那些石头

你把词语垒进历史

让河道转弯

花开几度

催动朝代盛衰

乌鸦即鼓声

帝王们如茧吐丝

为你织成长卷

美女如云

护送内心航程

青灯掀开梦的一角

你顺手挽住火焰

化作漫天大雪

把酒临风

你和中国一起老去

长廊贯穿春秋

大门口的陌生人

正砸响门环

一首好诗就是这样,它看似若有若无,但是,回味时感觉就会如沐春风。

宜兰泡过温泉的脑子,刚开始有些犯迷糊,不知道诗人究竟想要表达什么样的情愫。他想要传递给读者的是什么?一盏青灯,它能告诉人们什么呢?然而,越读到后来,味儿出来了,宜兰的思绪被带入时光隧道,穿梭于岁月之间,胸中灌满了豪情,不知不觉地念出了声:"把酒临风,你和中国一起老去,长廊贯穿春秋,大门口的陌生人,正砸响门环 。"

恰在这时,"叮咚、叮咚"的门铃响了起来。宜兰一时间心惊肉跳,不知道这是在哪里,只是愣在那里发呆。

"咚咚咚",敲门声又响起,宜兰这才猛然醒悟,这是在宾馆,她正等着一个熟悉的陌生人。

宜兰跳起来，跌跌撞撞地穿上拖鞋去开门，突然意识到自己还穿着睡衣，所以，打开门，赶紧跑回来躲进了被窝。

门口的那个人瘦小单薄，背了一个与他身体极不相称的大包。宜兰眼前突然闪现了蚂蚁背大山的情景。他就那么风尘仆仆地站在那里并对着宜兰微笑。

"冬瓜太郎。"宜兰脱口而出。

"大门口的陌生人，正砸响门环。莫非你有第六感觉，怎么知道我在门口了？又为什么不开门？"冬瓜太郎微笑着说。

宜兰惊呆了。

这是一种什么样的机缘？又是什么样的巧合？他又暗示了什么？宜兰想。至少眼前的这个人，是不那么令人讨厌，甚至有些许的欢喜，这是最重要的。她长长地舒了一口气，对于自己将要爱上这个男人，觉得没什么难的。或者说很简单，简单到就像小时候妈妈给宜兰吃香榧，开始吃，感觉一股怪味冲上来，但吃第二粒的时候，宜兰已经接受了这种味道。接受的过程那么短暂，几乎可以忽略不计。对于冬瓜太郎，他从进门的那一刹那，就以他的瘦小赢得了宜兰的怜惜。尽管宜兰是那么需要怜惜的人。而他开始的那段话，更让宜兰感觉他们似乎认识很久，从来都不曾陌生过。

什么都顾不上了，宜兰起身为冬瓜太郎拿了一双拖鞋，好像他就是这个房间的主人，什么共居一室的尴尬，什么还给他另外留了房间等,早已忘得一干二净。

这就是冬瓜太郎吗?从他进门以后的表现,宜兰看不出他有何异样。但是,他那蚂蚁背大山的样子让宜兰感觉有两个字都已经冲到喉咙口,却始终没有贸然地说出来——"沉重"。

他为什么让我感觉沉重呢?生活就那么沉重吗?比宜兰让医生判了死刑、缓期执行的命运还沉重吗?宜兰看着他放下了背包,换上了宜兰给他的拖鞋,就进了盥洗室,接着是放水的声音。

出来时的冬瓜太郎精神多了。"要不要陪你去楼下吃点东西?"宜兰对着那张新鲜的脸说。他摇摇头。

"有叫餐服务的。"宜兰说。

他依然摇摇头:"飞机上吃过了。"

"哦,你累了,那就洗洗睡吧!"

宜兰说完,故意翻了个身,假装自己要睡觉了。

冬瓜太郎像个听话的孩子,又进了盥洗室。宜兰又翻起了北岛的《青灯》,"'国际主义'是全世界无产者联合起来,'全球化'是不明国籍的富人合伙坑蒙拐骗。"读到这里,宜兰笑了。这就是诗人,时间在他们面前永远是无奈的,他们的年龄和心理、他们的世界观和心态,永远是两列背道而驰的火车,年龄越大,心态越年轻,思想越成熟。正所谓网络上流行的"愤青"一词。其实,用"愤青"来形容北岛这样的大诗人,宜兰觉得太肤浅了。他们就像历史长卷中的某一页,是无法忽略的重要环节,不容错过。

浴室里传来冬瓜太郎洗澡的声音。他是谁？看他样子该有三十多岁了吧，宜兰想起他从没正面告诉过自己年龄，只是让宜兰放心，他还是个未婚青年。他特意加重了"未婚青年"四个字。当初他之所以能吸引宜兰，是因为他的名字，似乎是迎合着宜兰的。冬瓜太郎和西瓜惠子，就像一个人的左手和右手，浑然天成，不可或缺。

从浴室出来的冬瓜太郎换上了睡衣，这使他看起来比进门时高大多了。他很顺溜地滑进他那床的被窝，把宜兰对他的提防迅速解除了。宜兰绷紧的神经一下子放松了。

"我该称呼你什么呢？"这是他坐在床上后对宜兰说的第一句话。

"那我该称呼你什么？"宜兰此刻忽然俏皮起来。

"你就叫我'难难'吧。"他很爽快地说。

"你现在总该告诉我怎么称呼你了吧？"他接着说。

"你就叫我'想想'吧。"宜兰就想活着，有一天是一天，越多越好。

他好像愣了一下："你怎么了？"他眼睛里的问号比他的问话强烈许多。

"没什么，就是觉得以前没好好活，现在想活得更好些。最好让我爱上你，即便是假装也好。"后半句是宜兰在心里说给自己听的。

哦，他的样子好似有些懂了，然后拿出他的笔记本电脑，在床上打开了。

宜兰翻了个身:"晚安!"

"晚安,你先睡吧,我收个邮件就好。"

而此刻的宜兰睡意全无,脑子从未有过的清醒,心"咚咚"直跳。不知道他睡觉时会怎么样?毕竟,这个小小的空间里多了一个人。目前看来他还不令人讨厌,这是万幸。他会对我做什么呢?我又在期待什么呢?宜兰想。对于一个将要死去的人,还有什么可怕的呢?还有什么需要禁忌的呢?也许宜兰应该轻轻地向前,轻轻地勾着他的脖子,然后轻轻地告诉他:"亲爱的,你是宜兰上辈子就想要的爱人,还等什么呢?"宜兰刚想到这些,脸就一下子热了,觉得自己怎么就那么轻浮呢。宜兰觉得自己此刻似乎被他看穿了心事,羞得用被子蒙住了自己的脸。

可是,可是,宜兰又问自己:如果他真想对我做什么,我又怎么应付?是响应还是拒绝,抑或是顺水推舟?宜兰有限的人生经历不能回答这些问题。一切都那么茫然,那么无奈。

好在他对这一切似乎一无所知,没多久,他关了电脑,也睡下了。

而宜兰的心,在他关灯的刹那,"咚咚咚……"再次狂跳起来。

无法入眠。

旁边的他,开始没什么声响,渐渐地响起了呼声,越来越响,越来越响……

宜兰从没有这样清醒地躺着,却什么也不能做。时间一分一秒地过去，宜兰强迫自己数数，从一到百，再数到千，却越来越清醒，再重新开始，一、二、三……睡意依然全无。

这是何苦呢？原本想寻找快乐的，现在变成了受罪。这是开始的第一天，以后的几天怎么办？宜兰有些后悔了，这是疯狂的代价吗？迷迷糊糊中，宜兰感到他轻轻过来，帮她掖了掖被子，宜兰翻了个身，看到黑暗中站着的冬瓜太郎。

"怎么了？"他问。

"没什么。"她答。

"若睡不着，不如说说话，反正明天也不用早起。"

"好啊。"宜兰翻身坐了起来。

"难难不是我的名字，是我的生活状态。"他主动说。

"我姓古，叫古哥，是上海一家旅游杂志社的摄影师，专门给杂志拍广告的。这个职业的最大好处是可以让我走遍山山水水，当然，也包括很多未曾开发、人迹罕至的地方。"

"你想听我讲故事吗？"

宜兰点点头。

古哥停了一下，沉浸在回忆之中。"十年前的泸沽湖还是片处女地，一般人都是从杨二车娜姆的书里知道了这个神秘的女儿国。这应该是旅游开发的处女地，杂志社认为有推介价值，便派了我跟同事天翼前去采风。"古哥的声音很好听，说着带有浓重南方口音的普通话。

"泸沽湖真美啊！它犹如一颗高原明珠，镶嵌在群山怀抱之中。湖水碧波荡漾,风光迷人,被人们称为'高原明珠'。人在那样的地方,心就明净得跟湖水一样。湖水簇拥诸多岛屿,湖泊四周群峰环抱,烟波百里,真可谓湖光山色,交相辉映,宛如仙境。"

古哥的讲述,把宜兰带到了过去。

"那时的泸沽湖,家庭旅社不多,我和同事天翼就住在村主任家。白天,我们跟着村主任到处探寻美景,拍摄照片。晚上,便在村主任家喝酒、聊天。说真的,在泸沽湖,男人很幸福。素有东方古老民族的摩梭人,也被称为'女儿国',他们一直延续着远古传下来的'阿夏'风俗,即'男不婚、女不嫁、结合自愿、离散自由'的母系氏族婚姻制度。那里简直是男人的天堂。"

古哥轻轻地点了支烟,继续说:"我们很羡慕这样的生活状态,为摩梭人浪漫的婚俗着迷。杂志社给的采风时间是两个月,而我们以跟着背包族去稻城探险为名,跟杂志社又续了一个月时间,真有些乐不思蜀了。后来,天翼跟一个漂亮的摩梭姑娘央金闪电般地好上了,频频约会。"

宜兰感兴趣地听着。古哥的语气很平淡,听不出任何感情色彩。

"天翼高大帅气,话不多,可是他会微笑,笑起来,简直是'少女杀手'。当时,我很鄙视他这么做,怀疑他的爱。我认为他是利用了摩梭人的风俗给自己寻欢作乐找理由。说好听点,是贪恋美色,说难听点,是免费嫖娼。"

宜兰笑了笑。

古哥的声音,渐渐高起来。"为了这事,我们激烈地争吵。两个人在异乡成了陌路人。这给我们的工作带来了影响。有一天晚上,我们去情人树下拍夜景,到了目的地,发现没带电池。我故意说:'我去拿吧,是我忘的。'天翼为了表示友好,就说:'我去,我熟悉道。'我巴不得他这样说,就让他去了。心想,他这几天像打了鸡血一样兴奋着呢,就当让他败败火了。"

宜兰认真地听着。古哥深深地吐了口烟,说:"差不多一个小时,天翼还不来,我打他电话,没人接,心里有些慌,赶紧收拾设备往回走。半道,碰到急匆匆赶来的村民,告诉我天翼出事了,已经被送往县医院,让我赶紧过去。"

说到这里,古哥有点接不上气的感觉。他停顿了一下说:"等我赶到县医院,天翼已经静静地躺在太平间里。他的手里还拿着电池,手指烧焦了。村民说,他被发现的时候,一手拿着手机,一手拿着电池,倒在充电器旁,应该是拔电池的时候接了个电话,静电通过人体导入充电器上,人就成了一个电导体。当时还有微弱心跳,立即被送往医院,但是,到达医院时。即被宣布死亡。"

古哥的叙述,明显带着乏力。

宜兰的心沉重起来。

古哥顿了顿说:"我傻在那里,目瞪口呆,怎一个'悔'字了得?其实,我们出发的时候,我看到电池在充电器上,我故意不拿,就准备收拾他的,可我没想到要了他的命啊!"

说到这里,古哥的眼里满是泪水。宜兰的眼眶也润湿起来。

古哥的声音变得有些嘶哑:"生命何其珍贵,又何其脆弱。死,多么容易,只要一次小小的恶作剧。我现在活着,简直就是行尸走肉。不知谁说过,每个人都要为自己的性格埋单,我终于为了自私和狭隘埋单,为自己内心的'罪恶'埋单。只是这样的代价太昂贵了。贵得让人无法承受。这个秘密一直纠缠着我,撕咬着我,十年来,如影随形。"

宜兰拭了拭了泪。古哥深深地喘了口气:"所以,当我看到你要去泸沽湖,仿佛听到了召唤,便不顾一切地跟帖。我想,我终归要有勇气面对这一切的,我需要在哪里跌倒,就在哪里爬起来。"

夜,已经很深了。一吐为快的古哥,一时陷入沉默。

黑暗笼罩的房间里,一道剑一样的光芒从窗帘的缝隙里挤进来,又像刀一样切割着黑夜。房间里静得能听到两个人的呼吸声。古哥还没有从叙述的情绪里回来。宜兰竟然像得了法师的止语牌,一时语塞。

几个小时之前,宜兰还在担心怎么跟古哥相处,这会儿,却已经跟他聊得那么深了。他甚至把隐藏了长达十年的秘密也说了出来,这是怎样的信任?人与人之间的了解,真的是不能以时间来计算的。有的人,认识了一辈子,却依然形同陌路;而有的人,你跟他一对眼,就什么都知道了。这不就是缘分吗?

宜兰再次想到了为什么会来这里、来干什么的问题。

宜兰不知道自己还能活多久,所以才会想到孤注一掷地爱一次。可是，这样对待古哥公平吗？他表面看起来油腔滑调，内心却藏着这么深的痛苦。他需要忏悔，和宜兰需要爱一样。宜兰突然想到这样疯狂的后果是自己不可预见的，一时惶恐。

也不知过了多久，古哥说："明天还得坐车呢，该歇了。"

宜兰这才像醒过来似地点点头，她躺进被窝，说了声："晚安。"

昆明到泸沽湖没有直达车，要从丽江转。在中巴车的颠簸中，宜兰睡得很沉，古哥似乎更能睡。说出了压抑已久的秘密，如放下沉重的包袱，他的累，可想而知。

汽车准点到达丽江。

从丽江到泸沽湖，每天有一班车，早上八点出发，下午两三点就到。

路况不好，中巴车摇摇晃晃，不时地要停下给对面来的车让路。沿途很长一段还在修路，直把宜兰累得腰酸背疼。古哥一路沉默，他的话似乎在昨天都说完了，一直到了泸沽湖，他才像从梦中醒来，请自陨始要当导游。

间隔了十年，再访泸沽湖，古哥发现这里变化很大。岛上开了很多家庭旅社，也就是客栈。有些客栈装修别致，充分利用了临湖的优势，巨大的落地窗，让人感觉住在泸沽湖上。这真是梦一样的地方。

他们选择了大嘴村，这里也是古哥曾经来过的地方。可是，当年村主任家的房子,已经找不到了,取代它的是一对年轻人开的"宜家客栈"。女主人静儿是北京人,在北京经营一个服装品牌,某次来泸沽湖旅游,跟当地的小伙子一眼对上了,不管不顾地就跟小伙子合伙租下村长家的房子,经过改装,开了这家客栈。

这样的爱情,在泸沽湖已经成了时尚。

古哥没有任何犹豫就决定住下,倒是女主人静儿让他看看房间再做决定。

说实话,这幢小楼地理位置极好,坐落在湖边。一楼是茶座和餐厅,二楼是客房,有单人标间和双人标间。房间都临河,可以看到整个湖面,不足之处是盥洗室和卧室是通透的,没有任何遮挡。宜兰想象坐在马桶上面对一览无遗的泸沽湖面,感觉滑稽,又想着要面对一张异性的面孔解决自己的排泄,觉得不可思议。她为难地看着古哥,犹豫着要不要进去。旁边的静儿客气地说,太太若看中了,我就帮你们把行李拿上来。古哥果断地说:"不用麻烦了,我们自己就可以。"

进了房间,面对宜兰的难色,古哥笑了笑说:"这有何难的?"说完,变戏法似的从包里拿出一条绳子,在卧室和盥洗室之间拉了根线,挂上房间里的毛毯,一道墙就竖起来了。

这真是前所未有的体验。宜兰看着这堵仅能遮住自己的墙。忍不住想笑。古哥却扮了个鬼脸,说:"你是太太,我是太监,所以,你不用担心。你很安全,我很安耽。"

宜兰笑了。这是出门以来她第一次那么轻松地微笑。

下午，两人在客栈简单吃了面条，古哥要去看村主任。问了静儿，才知道村长早就退休了，跟着在外打工的儿子去了四川。

古哥的情绪有些低落，加上一路上汽车的颠簸，晚饭后就在客房休息了。

泸沽湖的天黑得晚，六七点了，阳光依然在湖面上泛着金光。湖面蓝得不可思议，美得令人窒息。

古哥在床上休息，宜兰拿出换洗衣服，准备洗澡。

直到这时，宜兰才想到，房间的卧室和盥洗室不隔断是有道理的。谁能拒绝泸沽湖的美"色"呢？换句话说，在这样的美景面前，个人的小我，又算得了什么？要不是有古哥在，宜兰真希望没有那条毛毯帘子，在湖光山色中沐浴，想想都觉得美。

她很难想象，死是什么样子，但愿如现在最流行的说法：让身体飞。这多少还有一些诗意吧。

宜兰笑了笑，开始洗澡。她打开开关，左转，没有热水，右转，等了一会，还是没有热水。左转、右转，就是出不来热水。这是洗澡之前没有想到的，宜兰以为这里的水也跟宾馆一样，开关一拧，就是热水了。早知这样，就该等水热了以后再脱衣服的。

水很冷，宜兰身上已经湿了，冻得汗毛直竖，热水就是不来，又不敢叫人，更不敢声张。左转、右转，热水还是不来。实在坚持不了，宜兰果断地关了开关，擦干身子，穿上衣服，躲进被子里瑟瑟发抖。宜兰没有想到，泸沽湖会以这种方式欢迎她的到来。

玄乎。

自从到了泸沽湖,古哥的神情就有点心不在焉。他嘴上不说,心里闹得慌。空气里挥之不去的曾经纷至沓来。他想要做什么,又不知道做什么,像热锅上的蚂蚁,焦虑得要死,又无所事事,折腾了一天。晚上,静儿建议他们去参加岛上的篝火晚会,体验民族风情。于是,宜兰和古哥散步着出来,走着走着,来到了湖边。

夜晚的泸沽湖神秘莫测,静得出奇。远处是街上酒吧里传出来的歌声,若有若无。

这是两个世界。一个安静得出奇,一个喧闹得出奇。有时候想想人类很可怕,只要到一个地方,就把现代化一股脑儿搬到这个地方,从此,这个地方再无宁静之日。话题说着说着,沉重起来,黑暗中的泸沽湖给人压抑之感,两个人快步走出黑暗,来到篝火晚会现场。

演出已经开始了,都是村里的女人在表演,很本色的演出。因为冷,很多女人跳得很懒散,有一两个甚至围着篝火不愿离开,唯有一个女人跳得特别认真,一招一式都不肯马虎,在这么多人里,鹤立鸡群。

看着这个熟悉的身影,古哥突然想到了央金,天翼的爱人。那么多年不见,她还好吗?古哥的心似被带到了远方。

尽管歌手唱得很起劲,本色的演唱天然去雕琢,别有一番风味,但古哥的神情已茫然。

演出明显是走过场,看的人和演的人都明白,这是旅游买卖,不是艺术,当不得真。所以,跳的人巴不得早点结束,看的人情绪也不咸不淡。最后,演员和观众手拉手,围着篝火跳了几圈,也算是同娱同乐了。

回来的路上,古哥沉默着,央金的身影让他回到了从前,他突然有种冲动:找到央金,向她一吐为快!那一瞬间,一直模模糊糊的到泸沽湖来的目的,突然清晰了:明天,就在明天!

宜兰自从在昆明的那个晚上听了古哥的故事,对古哥有了莫名的好感。古哥对她的信任让她感动。现在她明白,爱不爱是一回事,要不要爱是另一回事。出来的这几天,她从没有感觉到自己是个患者,好像以前一直纠缠她的疼痛从未发生过。她健康美丽,看起来还很年轻,退一万步讲,她现在就是死了,也是在泸沽湖,做个美丽的鬼,是风流的。俗话说:"早死早超生,辈辈都年轻。"在人生的最灿烂中死去,也不见得是坏事。基于此,宜兰和古哥同居一室,已经很习惯了。他们像两个好朋友,更像亲人,同吃同住,共同出游。

古哥没事就喜欢喊:"你是太太,我是太监。天哪。我一健康大小伙子做太监,我比窦娥还冤。"

晚上,两个人靠在各自的床上聊天,无话不说。

"古哥,我怎么觉得你就是我的亲人?"宜兰冷不丁地说。

古哥抬起头:"你没有亲人吗?比如爸爸、妈妈。"

"我只有妈妈。不,我还有疼痛,它像我的另一个亲人,总是可以不打招呼就来,不说再见就走。"宜兰的话很无奈。

"这是怎么回事?如果你相信我是你的亲人,就应该告诉我。"古哥的话里有不容拒绝的口吻。

"当然!"宜兰说,"如果我的疼痛有两部分,那么它们分A区和B区。它们互相独立又相辅相成。现在说来,A区的疼痛已经解决了,B区的疼痛依然在,而且肯定由A区而来。"

"是吗?"

"就跟你说说B区的疼痛吧。"

宜兰喝了口水说:"我不知道它什么时候来。也许是今晚,也许半个月、一个月以后。它们总是半夜里来,在我最想睡觉的时候。每次来,我必须起床,陪它在房间里散步,等它高兴了,自然就走了。当然,我不喜欢这样的客人,所以,试图赶走它,还请医生帮忙。奇怪的是,等我赶到医院,它总是不留半点痕迹地溜走了。让医生也一头雾水。"

这次轮到古哥疑惑了,他对宜兰的叙述半信半疑,以为是开玩笑,就说:"现在的医生怎么那么笨,连一个简单的疼痛坏蛋也赶不走,当什么白衣天使和白求恩大夫啊!依我看,你那个疼痛根本就不是病。很简单的道理,现代人被科学宠坏了,老坐在电脑前,腰椎出了问题,压迫尾骨神经,自然就痛了。你想啊,为什么晚上睡觉时疼痛,站起来,体位改变就不疼了?"

一句话,惊得宜兰直愣神。是啊,疼痛的发作总是在躺下的时候,可恨的是那时候睡意正浓,想睡觉而必须起床,很难受。

但起床了,疼痛就缓解,稍走走,半个多小时就好了,所以才会每次赶到医院,疼痛就消失。

没有的病,让医生怎么找?宜兰的眼前,豁然地打开了一扇窗口,这些日子来堆积在胸口的郁闷似乎找到了一个出口。以前,每次想到莫名其妙的疼痛,总是郁闷,无从发泄,只好假装不存在,内心纠结、沉重。古哥的一番话使这些郁闷就如气球被针刺了一下,"吱"的一声,瞬间消散。有那样的好事吗?那么复杂的事,为什么到了古哥那里,就没事了呢?宜兰想,自己是不是有点"林中本无路,走多了便成了路"?真是想多了。宜兰轻轻叹了口气。

宜兰记得单位体检的时候,结论是轻度腰椎间盘突出,当时还奇怪,虽然不是很严重,但得这个病,对宜兰来说,早了点。如果真能这样联想,那所谓的癌症复发,就是莫须有。但愿如此。

宜兰想起曾听到过一个段子,说是某某突发奇想,给殡仪馆打电话叫车,车来了,问死人在哪里。某某说,就是我。殡仪馆工作人员大怒:"开什么玩笑?"某某说:"你不是来载人的么?你甭管死人活人,把我载去,钱照给,又没碍着你什么?"某某说,自从他去了殡仪馆,见识了什么是死亡,心情就好了,因为懂得了"生"是件多么可贵的事。

宜兰这会儿觉得这些话好像是说给自己听的,可惜当时没在意。现在想来,真是寓意在其中,宜兰不觉笑出声来。

"你觉得很可笑吗?"古哥认真地说:"这虽然是外行话,但我们很多行业不是外行领导内行的吗?就如你们电视台的台长，他不一定懂怎么采访和写稿，但他能管好你们记者、编辑、主持人，照样把电视台搞得红红火火。不管白猫黑猫，捉到老鼠的就是好猫！这是一位伟人说的。"

宜兰看着古哥那张越来越生动的脸，心想：你真是我的亲人啊！

这一晚，宜兰睡得很踏实，直到清晨，喉咙里一阵刺痒，接着是剧烈的咳嗽，把古哥吵醒。

古哥惊慌地起床："怎么了？昨天还好好的，今天怎么就咳了呢？"

他跳下床，给宜兰倒了杯水端过来。

宜兰摇摇头，喝了口水，好不容易才能开口说话："我也不知道怎么了。"

宜兰用手摸了摸自己的额头。

古哥问："是不是吃了什么不洁的东西？"

宜兰说："不可能啊，我跟你吃一样的东西，你没事，我怎么会有事？我没那么娇气，又不是过敏体质。或许是昨天洗澡着凉了！"

"你才说没那么娇贵，怎么洗个澡就把你冻坏了？"古哥又开始贫嘴了。

"昨夜洗澡没热水，我犯了个低级错误，衣服脱了才放水，热水到底没来，我又被淋湿了，虽然赶紧穿了衣服，澡也没洗成，人却受凉了。"宜兰有点不好意思了。

"你真是天下第一号大傻瓜,那个水要放一会才热的,你刚放一会就转,当然水不热了,还一会儿左,一会儿右,三心二意,热水才不理你呢!我洗澡的时候,水就好好的。看来我们不是太太和太监,否则你当时就该叫我帮忙的,可是,你没有。你虚伪!还说爱上我怎么办?你啊,连假装爱上我都不能够!你活该!"

古哥的话虽然是玩笑,宜兰还是听出了他的生气。宜兰很内疚,但不后悔。那个时候,宜兰绝对没有勇气裸身面对一个男人,即便是个让她有一点点喜欢的男人。古哥熟练地打开自己的包,拿出了一个小盒子,从里面抽出了一根细细的比香烟稍长一点的香,插在盒子上面的小孔上,点燃。

马上,一阵香味隐隐而来。

"这是什么好东西?那么香?"宜兰问。

"不懂了吧?这是藏香,来自西藏高原的尤物,可以治你的咳嗽。"古哥有点沾沾自喜。

藏香燃起的烟像细细的丝带,慢慢翻卷,渐渐飘散开去,使整个屋子弥漫着一股清香。

"这是来自天堂的迷药。"古哥说。

宜兰深深地吸了口气,想:这真是迷药。它们由鼻腔进入肺部,沿途就把嗓子迷醉了,让她暂时忘记了咳嗽。

古哥若有所思地转过头,面对泸沽湖的方向。他的背影有点瘦小、单薄。宜兰不知道他在想什么。背负着一个十字架生活,他内心的沉重可想而知。表面上看起来，他那么阳光，总想把快乐带给别人，谁知他的内心背负着这沉重的十字架。他们才认识了几天，却像熟悉的好朋友那样，把内心的一部分交给了对方。他们都有疼痛，一个在肉体，一个在心灵。现在古哥告诉她，她的疼痛不是没来由的，至少解决了她B区部分的疼痛。宜兰愿意相信古哥说的理论，因为那理论让宜兰看到了希望。可是，宜兰能帮古哥做什么呢？这个像亲人一样的陌生人，带给了宜兰多大的宽慰啊！宜兰要怎么回报这一份深情呢？

"我要怎么做，才能表达我的谢意呢？"宜兰说。

"该说谢的是我！"古哥说，"要不是你，我还没有勇气来泸沽湖，那么，这件纠缠了我十年的心事，还不知道要拖到什么时候。它让我活着好难。十年前，突然的变故，让我无法承受生命失去之重。我总感觉自己是个间接的杀手，无法面对天翼的亲人和朋友，更无法面对央金姑娘。我选择了沉默，把内疚和负罪感压在心底，越积越重，差不多要爆炸了。我想来泸沽湖，又不敢独自来，更不敢跟朋友一起来。感谢你的帖子，让我鼓起勇气。更没想到，你的亲切给了我家人一样的温暖，跟谁都不敢启齿的秘密，却在你面前述说。或许我们前世就是亲人，才会在今天相遇。在你面前，我觉得惭愧，当我听说了你的疼痛，设身处地想想，被莫名的病痛折磨的你，居然还能如此坦然地面对生活。而我，一个所谓的大男人，连曾经的错误都不敢面对。在你面前，我只有惭愧。我要感谢你，感谢你给了我面对错误的勇气！"

宜兰在古哥的眼里,读到了什么是真诚。

"我们以后能不能不说这个'谢'字?"宜兰说。

宜兰当得起这个感谢吗?只有宜兰知道她所谓的坦然是多么不靠谱,真实的目的又是多么自私。她只是把这次出游,当成了一次止痛之旅,而古哥,是一支止痛针。

这天的安排是去看央金,顺便看看天翼的坟。因为村主任不在,古哥无从找到天翼的坟。说起当年,还有人记得那个摩梭姑娘央金,她已经搬到了临近的小落水村,步行过去也不远。

小落水村在泸沽湖北部,处在一个三面环山、一面向泸沽湖的小山谷里。云南和四川的交界线就在村口,因为离湖边稍有一段距离,所以没有大嘴村那么热闹。

这是一个传统而古老的摩梭村寨,旅游业不怎么发达,只有真正在这里生活、劳动、恋爱着的摩梭人,少有游客足迹。只有那些背着沉重行囊环湖行走的驴友偶尔来到村头湖边,摄影留念,喝酒聊天。直到近年,由于该村开的几家客栈在网络上蹿红,小落水村才迎来越来越多的游客。

找到央金很容易,她就住在一家客栈的旁边。跟村里人一样,她平时种玉米和马铃薯,客栈忙的时候,在客栈打短工。

央金依然漂亮,穿戴很整洁。见到她是在客栈里。她见到宜兰,笑笑,像老朋友似地说:"你的发型很好看,在哪里烫的?多少钱?"这种自来熟的对话让宜兰一下子感到亲切。宜兰依稀想起，她就是篝火晚会上舞得最好，也最认真的那个女人。央金很快转入正题："你们是住宿的吗？对了，你们没有行李，是来吃饭的吧？"

"不，我们是来看你的。你看看，他是谁？"宜兰说完，把古哥往前推了推。

央金这才注意到宜兰旁边的古哥。"你是古大哥？哦，这个漂亮的姑娘，是你太太？"

央金见到老朋友有点兴奋，脸上的高原红也上来了。

古哥点点头。他有些恍惚，他脑海里一直转悠的，是天翼去世时痛不欲生的央金，久久挥之不去。

眼前的央金，和他心中的央金判若两人。改变这一切的是什么呢？但不管怎么样，对古哥来说是个安慰。央金能从失去爱人的切肤之痛中恢复过来，而且活得那么阳光，对古哥，是个极大的震动。它震落了古哥心中的一块大石头。他发现，现在对央金旧事重提，已没什么意义了。

宜兰把系在自己脖子上的围巾解下来，给了央金。看着她惊喜的表情，宜兰说了句"我们走了，不耽误你工作"，便拉着古哥的手，出了客栈。

宜兰对古哥说："这里有格姆女神山的庇护，有泸沽湖母亲的怀抱。在这样天堂般的地方生活，她是幸福的。"

从小落水村到大嘴村。要经过湖边有情人树的尼赛村。远远看去，情人树像两个并排站着的恋人，一个高大，一个娇小，他们默默地守在湖边，在等待着什么呢？抑或在期盼着什么呢？

宜兰和古哥来到情人树下。

古哥惊奇于命运的奇妙，两个才认识几天的人，不住在同一个城市，要不是网络，原本也不可能碰面。其实，这样说也未必对，让他们在一起的，是疼痛。一个肉体疼痛，一个心灵疼痛。来的时候，他们各自带着目的。一个是来寻找爱情的，然后安静地去死；一个是来忏悔自己的，然后好好地活着。表面上看起来不一样，其本质却惊人的一致，那就是寻求解脱。

什么是解脱？

古哥说："小鸟冲破囚笼就是解脱，蓓蕾催开外衣就是解脱，河水冲出阀门也是解脱。"

宜兰觉得这些都是表面的，就如少年被成长的烦恼束缚，青年被爱情的"痛并快乐着"束缚，中年被酒色与财气束缚，老年被疾病束缚，职场被名利、得失束缚。这种无形的束缚总是紧密相连，把人从一把枷锁锁进另一把枷锁。而真正的解脱，是放下，把个人的自我放下，试着替别人多想想，也许就没有那么多烦恼了。我们常常讲"无我"，其实是一个境界，人到了那个境界里，才能烦恼顿消。

古哥喃喃地说："今天我才明白，痛苦其实是可有可无的东西，因为正如有人说的，没有一种疼痛是专为你准备的，而快乐才是永远的。当我今天看到央金积极、阳光的生活态度，才发现以前自己的痛苦多么肤浅。如果我把这十年的痛苦转变成爱,爱生活,爱阳光,爱他人,爱小草,甚至爱上疼痛。还有比这更好的忏悔吗?宜兰,你的疼痛和我的疼痛,在这个大千世界里,又算得了什么?地震、海啸、洪水、疾病、灾难,多少生命瞬间就没了,他们没有时间多愁善感,没有机会忧伤。相比这些人,我们真该感谢生活,感恩我们还能活着。"

的确,宜兰虽然不能确定她的疼痛就是古哥说的莫须有,但道理还真能讲得通,姑且就当是真的疼痛,真的是癌症复发,也不过是个死。人总是要死的,重要的是,活着的时候有没有价值。这次泸沽湖之行,宜兰最大的收获,是明白了活着是件多么幸福的事。

泸沽湖山峦环绕,神姿仙态,有一种绚烂之美,湖上点点白色,如零星雪花,点缀于湖面,这是已经快凋谢的"水性杨花",湖水清澈,能看到"水性杨花"的根须,长长的,一直伸展到深处。阳光斜斜地照着湖面,折射出淡淡的光芒,映照到古哥的脸上,一片柔和,让他看起来年轻而有生气。到现在为止,宜兰还不知道古哥的年纪,算来该有三十来岁了吧。可是,这有什么关系?用现今最流行的网络语言来说,他们是一对裸交朋友,彼此坦诚、真实。宜兰想起法国作家大仲马的名言:"一两重的真诚,等于一吨重的聪明。"真是至理名言,一点点的真诚,换来的,是多么大的收获?她对他的了解,好像可以追溯到上辈子。静静地，宜兰看着水中袅袅升起的雾，亦梦亦幻，此刻的泸沽湖被阳光切割得柔和又柔软，亦真亦幻。原来，实实在在的生活，也是可以如此虚幻的！这两个相对而坐的人，几天前还不知道在哪里，这会却像一对甜蜜的恋人。

宜兰又咳了起来，犹如排山倒海之势。总是这样，一咳上，就刹不住车。不得已，他们回到了客栈。

秋天的泸沽湖，晚上有点冷了。客栈里，女主人静儿已经燃起了火堆。宜兰和古哥围着火炉，跟静儿喝茶聊天。宜兰的脸上因为热而泛起红晕，又被火光映照，面若桃花。静儿提来一壶酒在火炉上煮着，说，这酒热了才好喝呢！旁边有个女孩子，五六岁的样子，可爱、秀气，很安静，少有的乖巧，每次都是她一个人来。大家叫她小卓玛。古哥在摆弄相机，临时出去接个电话，回来时，看到小卓玛在动他的相机，古哥怕被她不小心删掉了相机里的照片，冲过去就说："谁让你动的？快放下！"说着，从小卓玛手里抢过了相机。

小卓玛瞪着一双惊恐的眼睛，连声说："我家里有火，我要回去烤火。"说完，小卓玛惊慌失措地走了。

宜兰不明白她为什么会说那句话。静儿说："可怜的小卓玛，她是想爸爸了，因为对她来说，她有限的记忆，最深刻的，就是爸爸画笔下一幅幅生动的图片。"在静儿的叙述中，宜兰和古哥才知道，小卓玛是汉人和摩梭人的孩子。她爸爸是个画家，泸沽湖的风光和泸沽湖的女人让他流连忘返,泸沽湖美丽的风情成了他画笔下生动的素材。他甚至跟他画笔下的一个模特好上了,还口口声声说,要带姑娘到外面去看世界。可是,不知道为什么,他爸爸非但没有带走姑娘,反而留下来,做了姑娘的走婚对象。从此,他们便留在了泸沽湖,还生了小卓玛。两年前,小卓玛的爸爸说要去香格里拉写生,从此就再没有回来。而小卓玛的妈妈,那个痴情的姑娘,至今还在等着她的男人回来。

静儿接着说:"我没见过这样正常的疯子,她的世界,被隔成了两半。一半是现实,一半是虚幻。在现实中她任劳任怨,操劳生计;在虚幻中,她甜美缥缈,充满期盼。白天,她是个劳动妇女,吃苦耐劳;晚上,她是个美丽的妇人,风情万种,唱着情歌,等着她心爱的人出现。日复一日,年复一年,等待,还是等待,从不动摇。"

宜兰最听不得这样的故事,眼泪汪汪,快忍不住了。

"别难过了!"古哥说,"我们还能有这样纯粹的爱情吗?也好,活在虚幻里,总比活在清醒中强。世界如此简单,幸福就在等待中,她是个女人、摩梭女人,等待是她的命。她甚至比其他摩梭女人更"摩梭",她是永远敞开门窗,等待爱人。"

宜兰惊奇于古哥如此善解人意。几天来,宜兰的善良和体贴也深深打动了古哥。这个身背着莫名病痛的姑娘,对生活依然充满着热情。相比自己,古哥好像突然明白了这十多年来不能释怀的郁结是多么微不足道,简直是个地道的"忧民哥"。

好像是为了掩饰自己的窘态，宜兰又剧烈地咳了起来。

静儿说："这样咳也不是个事，我这里有点消炎药，你先吃着。建议你们去泡温泉，我们老祖宗有'哪里得病哪里治'的方法。既然是洗浴时受了凉，或许温泉一泡就好了。"

静儿是那种说了就做的女人，她没有等宜兰他们同意，就拿起电话帮他们预约了温泉，还帮忙叫了车。

泸沽湖的温泉在宁蒗县永宁乡境内，距泸沽湖西北面数千米处的一个山湾里。泉水从山脚岩缝间涌出，自然形成一个约60平方米的大水潭，所以，又叫"热水潭"。泉水清澈，终年热气腾腾，蒸气弥漫，泉水恒温，一年四季都是38摄氏度，是最宜人的温度。泉水中的硫化氢，对关节炎和皮肤病还有很好的疗效。

宜兰和古哥到达温泉的时候，天已经微黑了，温泉池里零零落落有十多个人。宜兰走近才吓一跳，池里的人似乎没穿衣服，不管男女老少，一个个赤身裸体。她的第一感觉是羞愧万分，接着想跑，却被古哥一把拉住了："别自恋了，这里的人都一样，是习俗，谁会注意你？再说了，天马上就黑了，你想让别人看，还看不到呢？"

古哥嘿嘿地坏笑了一下："本想让你看看我的好身材，得，看不见！看来太监是要做到底了。不好玩！"

宜兰还是犹豫。古哥劝她："好了好了，不是来泡温泉的么，想那么多干吗？你的咳嗽在这里一泡，肯定有好转。不看我的面子，看在咳嗽的面子上行不行？"

宜兰到底害羞，又不能辜负了古哥的好意，她用浴巾裹了身子，到池边，趁人不注意，溜进了池里。

生平第一次，宜兰就这样和陌生人共用一池温水。一紧张，咳嗽又来了，拼命想抑制，呼吸就粗了。

古哥赶紧过来，轻轻拍她的背。两个人这样面对面，有点尴尬，又觉得很亲切、喜悦，还有隐隐约约的渴望。

或许，我已经爱上他了。宜兰想。

温泉池很大，可以同时容纳一百来个人。很难想象，一百多个赤身裸体的人在一起，是什么感觉。

"平等。"宜兰想到了这个词。

的确，在这里，无论你是达官贵人还是平民百姓都一样，如母亲胎里而来，赤条条，来去无牵挂。那么，我们死了又能带走什么呢？那些古墓里穿金戴银的尸骸，他们似乎带得很多，甚至价值连城。可他们自己什么都不知道，那具躯体僵硬地躺在棺木里，或许还成了后人观赏的玩物，他的灵魂和思想，愿不愿意成为人们观赏的玩物？谁会在意呢？

哦，不想了。

温泉的水柔柔的，软进了骨头。宜兰想起，这像是妈妈的手。她开刀的那些天，都是这双手在照顾她，都是这双手给她力量。

月亮很圆、很亮，星星很远。宜兰想起了那句话："月明则星暗。"

古哥好像看穿了宜兰的心事。他说:"我们是泡着温泉,看着月亮,有人的咳嗽就好了。"

宜兰感激地看着古哥,心想,他们真的是坦诚相见了啊!从此,宜兰认定了这个可以"以心相许"的"腻友"。这是最高境界。感情可以背叛,结婚也有离婚,唯有心不能改变。没有了心,意味着没有命。

月光一寸一寸地照在宜兰的脸上,古哥看着她羊脂玉一样的肤色,心里有种莫名的冲动,他很想把她轻轻地搂在怀里,告诉她,我是你的亲人,如果你有痛苦,就让我为你止痛。古哥伸出手去,想把宜兰轻轻地往身边拉,宜兰意会错了,以为该回去了,她背过身,爬出池子,裹上浴巾,一眨眼就没了影,留下古哥在那里发呆。

回到客栈,天已经晚了。宜兰有些累,刷了牙就钻进被窝。

明天就要离开了,两个人都有些兴奋。他们的头顶外就是泸沽湖。在床上侧过身,趴着,就可以看到泸沽湖的夜色。

月光下的泸沽湖,静得能听到人的心跳,"水性杨花"们已经完成了它们的使命,静静地躺在湖面上,根本不在乎人们的感受。听说,她们的根茎是上好的野菜。宜兰看到路边饭店里一捆一捆放着,却不忍心吃,她要留着对"水性杨花"的美好念想,存着对它的感激。要不是它,宜兰不会来到来泸沽湖,不会认识古哥,更不会如此轻松。或许还在为来无影、去无踪的疼痛惶惶不可终日。而古哥呢?泸沽湖对于他,更有一层不同寻常的意义。

这次来到泸沽湖,解了心结,从此,他可以告别过去,生活有了积极的内容,向前走,有了方向和目标。

人是一种多么奇怪的动物啊。宜兰想想几天前的自己,绝望、无助,就想着捞根救命稻草。而眼下,面对泸沽湖的美景和心中的愉悦,心境真是两重天。

"或许,我们可以为小卓玛做些什么!"古哥说。

"对,我们应该为小卓玛做些什么!"宜兰说。

"我们不能让那场爱情阴谋得逞。"

"对,我们得找到那个该死的爱情骗子。"

"对,我们得让那个虚伪的画家负责。"

"可是我们能够安心地把卓玛交给这样一个骗子吗?"

"我们还能相信爱情吗?"宜兰突然冒出了一句跟此时的语境极不协调的话。

"我们当然要相信爱情。"古哥不由分说地说。

"如果可以,在你疼痛的时候,要想到我。"古哥突然冒出了这句话。

"如果可以,我也是你的止痛药。"说完这句话,宜兰突然想哭。她赶紧低下了头。

是啊,这两个怀着各自疼痛的男女,此次泸沽湖之行,就像买了一张"六道轮回"的门票,去那里转了一圈,见证了死亡,突然就明白了疼痛着的美丽。宜兰从最初想轰轰烈烈爱一场升华到好好活着的意义。而古哥,也从活着的枷锁中解脱出来,得到了精神上的重生。他隐隐感觉到天翼的气息正借助小卓玛而来，这是上苍对他的眷顾。古哥认定了小卓玛是借天翼的命而生，是来成全他多年来的愧疚。他已经明确地知道了接下来他要做什么、他要怎么做。

"生活如此美好，我们还有什么快乐可以放弃？"宜兰脱口而出。

"是啊，我们已经没有什么不可以放弃的了。"古哥接着说。

"我可以借你的肩膀靠一靠吗？"宜兰鼓起勇气说。古哥微笑地点点头。

宜兰仿佛看到了古哥说起的当年天翼的微笑，据说是少女的"杀手"。

难道微笑也会传染的吗？

2 患者

那天下午平常得不能再平常了。

大街上熙熙攘攘，即便不是上下班的高峰时段，车辆仍然川流不息，一点没有停息的意思。行人想要穿过马路，简直迈不开脚步。没有红绿灯，人行道明明是人走的，偏偏汽车一辆接着一辆，谁也不肯谦让。等待的人群开始有不耐烦的，嘴巴里说，这是我们的道，为什么汽车不让？更有胆大的，试探着跨脚，于是，旁边的也勇往直前。汽车迫不得已停下来。人群才得以过马路。这个江南的小城，以前的粉墙黛瓦，小桥流水已经让高楼大厦取代了。城市内纵横交错的小河已经被一条条马路填满了。每当梅雨季节，雨水在河里往上涨，河里盛不下，就只有往地面上走，往居民家里灌。所以，只要有谁介绍说，这个地方是水网城市，从不发大水，艾青就要跟人急："水网，水网，你指给我看看在哪里？"每每这时，说的人只好对艾青报以沉默，他们在心里嘀咕，他这火是哪里来的？至于吗？

艾青一边骑车，一边想，大街上那么多人，他们究竟在忙什么？他想起了俄国著名作家列夫·托尔斯泰的《安娜·卡列尼娜》开头的一句话："幸福的家庭个个相似，不幸的家庭各有各的不同"，不禁笑了起来。这是多少年前的事啊。那个时候，书，各种各样的书，给平淡而苦涩的生活增添了多少色彩啊。可是，现在的人都羞于看书，懒得看书了，认为那是不入流，或者是老学究。唯有电脑，还有那么多新名词，什么"脑残粉""木有"等等，才潮呢。有一次，一个学生回复了他一条微信："蓝瘦香菇。"

完了是一张哭脸。他一头雾水,去问那个同学。那个顽皮的小子说,您让我修改论文,我难受得想哭。天哪,这是天书吗?可是小伙子说,艾老师,您连这都不懂?语气里很不屑,言下之意,艾青就是个老古董。

艾青今年快到退休年龄了,再有半年,他就可以和妻子谈芯安享晚年。今天原本是周末,学院里突然来电,要他去学校商量职称上报的事情,他安顿好妻子谈芯,骑上自行车往学院赶。

艾青在江城大学里教设计,却对古建筑情有独钟,看到那么多古建筑因所谓的城市建设而拆除,他剜心地疼。路边的商店里,生意很清淡。行人那么多,也不知道那么多人上街为什么?国家实行计划生育多少年了,人依然那么多,这些人是怎么来的?如果造人需要机器,那得有多少工厂、开动多少机器啊,简直难以想象。艾青忍不住又笑自己,居然想出了机器造人这样的字眼,也太富有想象力了。前面就是红绿灯了,艾青慢慢地右转,一辆等红绿灯的汽车冷不防开门,把正从后面行驶过来的艾青撞飞了出去,一同撞飞的,还有他的自行车。等路人将艾青送到医院,他只来得及说了一句"谈芯"就晕了过去了。

肇事的驾驶员惊慌失措,只是一个劲地问:"怎么样?要不要紧?"

艾青外表看起来伤得不重,自行车倒在地上的时候轮子还在转动,但艾青却一直昏迷。有人打110,有人提议翻他口袋,找他的联系方式。正手忙脚乱时,他的电话响了,来电显示是一个叫谈芯的人:艾青,你还好吗?我看到有人要开车撞你,赶紧回来吧!把接电话的那个人惊得目瞪口呆。

谈芯被发现得阿尔茨海默病,也就是我们通常说的老年痴呆症的时候,是一个午后。太阳从南窗斜斜地挤进来,力不从心地落在谈芯的脸上,照见了她一脸的无辜。她专注地看着镜子里的那个人恍惚。突然一个激灵,再盯着镜子,竟然看到了吴优,正挎着相机,穿梭在战壕里。

战场上的硝烟正在褪去,枪声也渐渐稀落、零星,死亡般的宁静弥漫在战壕里。三班长大伟努力地爬行在战壕里,寻找最佳的角度。他的手受伤了,行动异常困难,看起来已经不能正常射击。他的旁边是摄影记者吴优,正费力地帮他架设机枪。坑道口的谈芯,正颤抖地为战士小圆缠纱布。他伤得不轻,脖子上中了一枪,血流如注,头已经歪倒在谈芯的怀里。大伟艰难地伸出那只受伤的手,食指已经断了,只剩下一层皮,软软地挂着。

这是一次艰难的阻击战,三个小时下来,一个连的士兵,就剩下四个人,三班长大伟、重伤员小圆、护士谈芯和摄影师吴优。

吴优趴在班长的边上,用镜头瞄准前方。他有很好的瞄准功夫,得益于那段下乡插队的经历。他当知青没什么进步,农活之外的闲暇功夫,他学会了很好的摄影和弹弓技术,百米之内,几乎弹无虚发。

吴优闯进这个战场完全是个意外。他是知青,当年那场热血沸腾的上山下乡运动,他还不到15岁,是悄悄偷出家里的户口本,瞒着父母报名支边,成了云南建设兵团的一名战士。但是,实际生活和理想完全背道而驰。他想象的是在边疆保家卫国,而到了兵团,才知道所谓的兵团战士,实际上只是个概念,他充其量就是个农垦战士,每天在橡胶园里割橡胶。百无聊赖之际,他疯一般地迷上了用弹弓射杀鸟类,没少把树上的乌鸦和麻雀射下来,这既改善了同伴的伙食,也练就了他弹无虚发的功夫。有一天傍晚,他射鸟的时候,鸟飞走了,却射中了在树后面走路的老乡的屁股,其力量之大,把老乡屁股上厚厚的棉裤射成了一朵菊花。这是唯一的一次失手,却成了当年的一个笑话,至今还被战友嗤笑。从此,"菊花台"成了他的外号。当年知青大返城,吴优也是其中之一,不过他没有回到家乡浙江,而是和少数知青一起,选择了参军。经过短短七天培训,即被派到前线。他因为摄影方面的专长,被临时抽调上了前线,成了战地记者,其实他哪里是记者啊,不过是个摄影师吧。

吴优没有想到,第一次上前线,便遭遇了一场恶战,他甚至来不及紧张,便一头撞进了这个残酷的现实。他的相机里,还没有拍上真正意义上的战场,一个连的兵力就剩下眼下的四个人:班长、受伤的小圆、他和护士谈芯,要命的是,后援部队还不知道什么时候到。

突然,枪声再次响起,吴优翻身趴在班长的射击位置上。

这是一个怪异的场面，三班长大伟喊"三点成一线"，吴优即屏住呼吸，大伟喊"一、二、三"，吴优即扣动扳机。两者配合得天衣无缝。到后来，不需大伟喊口令，吴优便能果断地瞄准目标，扣动扳机，他的动作果断迅速，像他平时按相机的快门一样。战场上的情景很奇怪，像无声电影。他射出的子弹奇迹般地锁住了敌对方的枪眼。有一阵子，敌方没任何声响，像是在调整战术，但是，只要对方的枪声一响，吴优的子弹便"嗖"地飞过去，一枪一个准。吴优射击，子弹好像不是用眼睛瞄准了射出去的，而是贴着声音迎上去的。这时，后援部队到了，号角声中，战友们冲过了战壕，直奔前方。

谈芯泪流满面，拼命呼唤战友："小圆，我们胜利了，我们胜利了！"小圆努力地抬起头，笑了笑，头一歪，慢慢地闭上了眼睛。那边的吴优背靠着战壕，慢慢滑下，望着自己这只按惯了快门的手发呆。

镜子面前的谈芯，流着泪，一遍遍地问艾青："吴优，你是怎么做到的？你是怎么做到的？"

艾青是谈芯的丈夫，他不知道谈芯怎么了，只好摇着谈芯的肩膀："谈芯，是我，我是艾青啊，你不认识我了？"

谈芯一个激灵，醒了过来。

"艾青，你是艾青？"谈芯茫然地问。接着，她滑倒在梳妆台前。

这是2015年秋天的一个午后。谈芯成了这个世界的陌生人。

除了艾青，她谁也不认识了，包括她最亲爱的女儿。也不是谁也不认识，只要你告诉她是谁，她便知道你是谁，不过这种记忆很滑稽，你在她面前，她认识你，一旦你离开，下次见到，她依然是一脸的问号。她的记忆是一次性的，见面就消失。其实也不是一次性的，她仿佛患了指向性的失忆症，过去的忘不了，现在的记不住。

一次，她去参加薛丽丽母亲的葬礼，一进门，她便忘了是来看谁的，问："谁死了？"

艾青告诉她："是薛丽丽的母亲。"

谈芯想起这个老太太过往对她的好，一时悲从中来，跑到老太太灵床前，悲伤地号啕大哭。只一会，她看看躺着的老太太，又迷惑，遂问旁边的艾青："这个老太太是谁？"

艾青告诉她："这是薛丽丽的母亲。"

谈芯又想起老太太曾经对她的好，再次悲上心来，眼泪再次哗哗地流。但是，等她渐渐平息下来，又不知道老太太是谁了。如此这般三番五次，一件悲伤的事情竟被她演变成了笑话，这让艾青也很难堪。但是谈芯对于吴优，对于20世纪70年代的那场战争，记忆如钢铁般牢固，且不打半点折扣。只要有人问起吴优是谁，谈芯的回答必然是：

"他呀，别看是个摄影师，他可是个神枪手。当年就是他用枪锁住了对方的狙击手，及时拖住了敌人，为胜利争取了时间。"

"说出来你别不信，吴优从没有开过枪，更没有实战经验，居然能在战场上一枪一个准,要不是亲眼所见,我也不信!"

谈芯说起这些,简直就是眉飞色舞了。

"当时三班长的那个手指头啊,只剩下了一层皮还连着,就那么挂下来,"谈芯用手指比画着。"我想想都起鸡皮疙瘩,当然是不能扣扳机了,要不然,也轮不上吴优开枪啊。"

后来很多人问吴优,没学过开枪怎么能射得那么准?吴优说:"我把枪当成弹弓,把对焦距当成拍照,子弹啊,就长眼睛了。"你听听,他说话的口气,好像在议论别人的家事呢。你说,他是不是个神啊?

说谈芯患了老年痴呆,也不全是。她除了眼前人的事记不住,其实跟常人无异。有一次战友薛丽丽来看她,谈芯坐在门口的走廊上发呆,看到薛丽丽,她温和地点点头:"你来了?"

语气客气而礼貌,像是跟回家的人打招呼。可是,接下来,她又旁若无人地发呆,对薛丽丽视而不见。

"谈芯,你不认识我了?我是薛丽丽啊!我们一起当的兵啊!"

谈芯刹那间心领神会,马上说:"哦,薛丽丽啊,我怎么不认识,那时候你是卫生队里最小的卫生员呢,老哭鼻子!"

"那次上前线,你还跟我争呢,没抢过我,你呀,还哭鼻子呢!"说完,谈芯用手捋了一把眼睛,甩了甩,做了个悲伤的动作。

谈芯过去的记忆像一根柔韧的羊肠线,经薛丽丽穿针,又顽强地绕了回来,即便在谈芯患了老年痴呆以后,仍然顽强地占据着她的大脑。

艾青有时候很纳闷,这是哪门子的老年痴呆啊?有这么好记性的老年痴呆吗?

艾青高兴得太早了。

有一天艾美回家,谈芯问:"你找谁啊?"

"妈妈,我是艾美啊!你连我都不认识了吗?"

"艾美是谁?"谈芯去问艾青。

艾青告诉她艾美是女儿!

"哦,是艾美回来了!"谈芯仿佛一直知道。

之后的拉家常,聊生活,好像都正常,女儿是女儿,母亲是母亲。可是当艾美再次来,哪怕间隔一会儿,谈芯依然不知道她是谁。于是,同样的场景会重演一遍。最有意思的是,有一次刚吃过饭,艾青收拾好碗筷,只见谈芯一本正经地坐在饭桌前,自言自语地说:"不知道有没有晚饭吃?"

"晚饭刚吃过,难道你还饿?"艾青说。

谈芯摇摇头说:"不饿"!

"所以啊,你晚饭已经吃好了。"

"啊,吃好了啊?"谈芯的神态很认真。

后来,艾青带谈芯去医院看病,医生的回答也是模棱两可:"很少见到这种症状,但是,记忆力衰退是很明显的,不管怎么样,这种病,临床没有特效药,家人的爱和关怀是最好的良药。"

这是阿尔茨海默病!

自谈芯患了阿尔茨海默病,艾青几乎不能出门了。谈芯除了不认人,还出现了严重的幻听、幻觉障碍。她总是担心艾青的安全。只要艾青不在她面前,她就觉得他不是出了车祸,就是遭人抢劫了。有一次,艾青去买菜,出门不到半小时,谈芯的电话就来了,她说,看到艾青倒在马路中间,头上汩汩流着血,奇怪的是,血的颜色是紫的。艾青好言告诉她,自己好好的,在买菜,马上就回家。

但是这样的电话,只要艾青不在谈芯的视线之内,谈芯就会不断地打,有时候一小时内就会打上五六个。到后来,接电话成了艾青的习惯,但凡必须出门的时候,艾青首先要做的事情,就是检查手机是否带了。如此三番五次,弄得艾青也很紧张,出门老怕忘带手机,有时候手机明明在手里拿着,艾青就是翻包和口袋,满世界找手机,强迫症的症状已经显现。尽管每次电话的内容都大同小异,艾青的回答也几乎是一样的:"我好好的,啥事也没有,你放心!"艾青态度好、耐心,只要确保电话畅通,谈芯就会有短暂的消停。

有一天,艾青去医务室给谈芯配药,半个多小时没接到谈芯的电话,不放心,打电话回家,没人接,心里有种不祥的预感,心急火燎地赶回家,开门进去,发现谈芯正忙着搬沙发,满头大汗。艾青心里一阵狂喜,以为谈芯的病有好转了。问她:"谈芯,你今天怎么没给我电话?"谈芯说,我想打的,可是有窃听啊,所以没敢打!谈芯一脸的警觉。

天哪，原来如此！

艾青上网查了资料，知道老年痴呆是一种进行性发展的神经退行性疾病，临床表现为认知和记忆功能不断恶化，日常生活能力进行性减退，并伴有各种神经精神症状和行为障碍。艾青对照谈芯的各种症状，似乎都有点，又不全对。当艾青了解到目前全球有三千多万人患有阿尔茨海默病，每七秒就有一个人患上这种病时，真的紧张了。据说得这种病的人平均生存期只有5.9年，目前已经成了威胁老人健康的"四大杀手"之一。

这段文字里最刺激艾青的，是关于生存期的那个数字：5.9年。难道他和谈芯的日子就剩下5.9年了？

艾青是1955年出生的，离退休还有半年。虽然他在大学教书，不用坐班，但长此以往，总不是个办法。艾青一筹莫展，不知道能做什么，唯有小心翼翼地守护谈芯，确保电话畅通，想着坚持到退休就好了。

对谈芯来讲，生活突然间就变得很忙碌。

早晨，谈芯起床后的第一件事，是在家里翻箱倒柜地找一遍，床底下、沙发、镜子后面，凡是她认为有可能藏窃听器的地方都要翻一遍，直到确认什么都没有才安心。接着，她会给自己热杯牛奶，就几片面包干，坐在阳台上晒晒太阳。想想过去那段日子，想想那段唯一的战争经历，很惬意，也很自豪。谈芯把那段日子当成"生命中最精彩的部分"收藏了。关于神枪手吴优，经过谈芯无数次的回忆和再度创作，无限膨胀，成了英雄，更成了神话。这样的早餐，从物质到精神，都很丰盛。谈芯心满意足。

这种状态，难道跟5.9年有关系吗？艾青不信。但资料确确实实，那是专家经过多年研究得出的结论，有凭有据，科学依据和专业术语摆在那里，爱信不信！

下午的时间比较难打发。谈芯通常会被午觉里的噩梦惊醒。有一天，谈芯看到一群医生正在抓艾青，想把他送精神病院。这一定是迫害，"艾青快跑！"谈芯拼命喊。梦中惊醒的谈芯，大汗淋漓，看到一边忙碌的艾青，才长长地舒了一口气。

还有一次，谈芯看到车牌号71781的一辆车从艾青的身上碾过，汽车扬长而去，谈芯看到像纸一样软绵绵躺在地上的艾青，悲痛得不知道能做什么。她不敢抱他，赶紧打120电话，可是，手机的按键坏了，怎么也拨不出去，谈芯哀求围观的人帮忙拨电话报警，可是没有人愿意。"求求你们帮打电话啊，我给你们电话费。"可是，边上的人就是不肯帮忙。后来不知道哪个好心人拿来一块破板，谈芯用尽全力把艾青放到破板上，自己拖着这块破板送艾青上医院。到了医院，医生检查了艾青，翻了翻他的眼皮以后告诉谈芯，人没救了！谈芯的心脏被重拳一击，如同鸡蛋从高空摔落，碎了一地。她放声痛哭，嘴里不断地重复着："71781"。

看到谈芯这个样子，艾青一点想法也没有了。他知道他的职业生涯连半年都坚持不了了，因此果断跟学校请了假，专心在家里照顾谈芯，期望挨过这段艰难的日子。

有时候，谈芯像个求知欲极强的孩子，什么都要问，什么都想知道，又好像什么都知道。比如艾青咳嗽了，谈芯振振有词："按照中医理论，当人的肾脏浸在水里，一阵风吹来，走风了，就要感冒，感冒了，就要咳嗽。你呀，可别穿没有纽扣的衣服，否则，不是走光就是走风。走光没关系，你也老了，没啥好看。走风了，可是要感冒的！"说完，谈芯还调皮地做了个鬼脸。

艾青看到她这个样子，突然恍惚，以为谈芯好了，心里一阵狂喜，过去的时光一下子涌到了眼前。

那时候的谈芯，多么青春啊！他仿佛看到谈芯当年在主席台上演讲的样子。

有一年的"八一"建军节，谈芯受邀到学校演讲，谈芯讲了她生平唯一的一次战争经历。那次残酷的战斗在谈芯的嘴里，被神枪手吴优的故事掩盖了，挽救战局的是一个闯入前线采访的记者而非战士，一个从没有摸过枪的人，的确有点匪夷所思。在残酷的战场上，摄影师速成了神枪手，居然把敌方的狙击手打趴下了，确实有点戏剧性。他是怎么做到的，到现在依然是个谜。说到这里的时候，谈芯的眼睛里有一如既往的迷雾。

艾青当时就在台下，他想，谈芯是不是爱上吴优了？因为只有爱着的人，才有这样的眼神。那时候时兴说"眼睛是心灵的窗户"，艾青以诗人的敏感，看到了谈芯眼睛里的东西。那真是要命。因为那一刻，艾青发现，他爱上谈芯了，爱上了她眼睛里的那团迷雾。

艾青那时写诗，当年的报纸和杂志常有他的诗作发表。渐渐地，他成了江城小有名气的诗人。但艾青似乎天生是个矛盾体。他文静、柔弱，书生气十足。只要谈到诗歌，他就变得伶牙俐齿、侃侃而谈，他会为了一个诗句的运用，跟人争论得脸红脖子粗。朋友聚会，他腼腆得近乎无语，动不动就脸红。路上遇见女同事，对方主动打招呼，他也会莫名其妙地脸红，让对方也很尴尬。艾青还结巴。奇怪的是，他的结巴是属于语境范畴的，一讲普通话，出奇的顺溜。特别是上课，他的语言如滔滔江水奔流不息。而每当跟同事说话，特别是跟女同事说话，他的结巴不请自来，甚至语无伦次。

艾青的腼腆并没有淹没他的浪漫。正像爱情不需要理由一样，艾青相信他的爱情应该别具一格。他疯狂地爱上热情洋溢的谈芯，用他的话说，是谈芯的目光，那种说不上什么的一阵恍惚，让他着迷。

艾青追谈芯追得很苦，这个苦不是谈芯给他的，是他的性格造成的。

那次的演讲会后，谈芯的影子一直占据着艾青的心，如影随形。他走到哪，谈芯的影子便跟到哪。他不可救药地爱上了谈芯而不能自拔。他告诉自己，有这种眼神的女孩子，心里装着一团火，而这团火恰恰能燃烧他的内心。艾青知道，爱情是要追而不是等的,所谓过了这个村就没那个店,错过了也就永远错过了。谈芯优秀漂亮,清纯得像一块玉。像谈芯这样的好女孩天天有人追,今天你不约她,明天她就被别人约去喝咖啡了。想到这些,艾青内心十分焦虑,好像谈芯已经跟别人约会了。那晚他一个人坐在河边发呆,想着如何跟谈芯约会。想来想去,只有一个办法:守株待兔。

他事先写了一张小纸条:"我能请你喝咖啡吗?就想听你讲讲神枪手的故事!明晚七点,一米阳光咖啡厅,不见不散。"

这是一张莫名其妙的纸条,没有落款,更像是一个接头暗号,双方一对上眼,心知肚明。可惜,他们两个都不是地下工作者。

艾青只知道谈芯工作的医院,不知道她在哪个科室,或什么部门,他每天下班就在医院门口转悠,期望能跟谈芯不期而遇。

一天又一天,兜里的纸条揉皱了,又换一张,破了,再换一张,等得艾青心里都长了茅草了。终于有一天,谈芯有说有笑地跟同事一起出来,艾青心里怦怦直跳,直直地迎上去,却在就要碰面的那一刹那,转了个弯,低头走开了。

那天,艾青恨死了自己,直骂自己没用、活该。他觉得自己就是个怪物,明明等到了心上人,却又躲开了。又不是做了什么亏心事,怕什么怕?完了给自己打气,这是给自己的最后一次机会,再不抓住,就永远放弃吧。

也是老天助他。第二天,艾青聪明了,他换了个地方,在自行车库等。不管上什么班,总要上下班的,艾青有的是耐心,不怕等不到谈芯。果然，那天傍晚，艾青看到了心心念念的谈芯在自行车前掏钥匙，艾青赶紧迎了上去。他从口袋里掏出了纸条："这、这、这是有人给……给你的纸条。"说完，艾青转身跑了。

谈芯诧异地接过纸条，看着他的背影，感到莫名其妙。

谈芯初中毕业进入部队护校学习，毕业那年18岁，作为战地护士上了前线。当时全班五十多个同学，只有她被挑选去了前线。却不料第一次上前线便遭遇激战，为了救小圆，她意外地扭伤了腰，从此就再没上前线。关于这段经历，她只字不提。在她的潜意识里，总觉得小圆的死她有责任，虽然这个责任现在看起来实在有些勉强：因为扭伤了腰而未能把小圆背出战壕，最终耽误了救治时间。18岁那年，她经历了死亡，说不害怕是假的。究其原因，她在战场上的第一反应是紧张的，极度的紧张，可是，救护、包扎，然后一系列的战场应急反应，使她根本无暇顾及其他。等到小圆死在她怀里，她除了对自己失望，还有极度的悲伤，害怕被远远抛在了脑后。

之后谈芯复员回到了家乡的医院，成了最年轻的护士长。谈芯这个护士长当得很累。她缺少资历，没有号召力，但她温和善良，跟患者打交道有的是好态度。领导护士工作她显然不够熟练。说实在的，她当这个护士长，凭的是前线的那段经历，是资历的奖赏。就业务知识而言，她还不够熟练。但谈芯聪明，她知道笨鸟先飞的道理。自担任护士长那日起，她起早贪黑，谦虚好学，业务进步很快。她不把自己当领导，凡是脏活累活，总是抢在前面，不久就赢得了全科室医生护士的尊重，成了名副其实的护士长。

但她毕竟是个女孩子，护士长的头衔没有为她赢来爱情，反而成了她感情的障碍。那么年轻就当上了护士长，大家都把她当神一样的存在，故而高山仰止。像艾青那样大胆递纸条，还是第一次，她一时间不知所措。

难道这就是传说中的爱情降临了？

谈芯有点不明白。尽管人家说了想听你讲故事，但人家毕竟是很明确地请你喝咖啡，而且是在咖啡厅。这种暧昧的地方，最适宜谈情说爱了。所以，想起来，这应该是约会。又想，人家明明说了想听你讲故事，那就不是约会了，充其量，也是个粉丝追偶像。

去还是不去？谈芯左右为难。但是，仔细想想，也挺有趣的，有点地下党接头的意思，如果双方手上再各执一本书，对上暗号，接上头，那就更刺激，又有点好玩了。

"且悠悠地去！"这是谈芯接到纸条以后，想了半天才做的决定。

一米阳光咖啡厅在城南，是靠河边一幢小巧玲珑的房子。咖啡厅是用书来装饰的，周围全是书架，雅座也是用书架隔开的，人坐在里面，被书包裹着，如置身于书的海洋，连呼出来的气息也有铅字的味道，端上来的咖啡杯也是书的形状。那时候没有书吧一说，喝咖啡的地方如此装修也算特别，或者说别出心裁，难怪艾青喜欢。谈芯第一次来，站在门口，以为找错了地方。幸亏艾青及时迎了出来。

谈芯差点笑出声来。原来这个递纸条的人，就是写纸条的人啊。这个人挺有意思的，谈芯想。

两人来到靠窗的位置，坐下，不知道说什么，一时无语。艾青的脸莫名其妙地红了，谈芯也脸红了。

"还，还，还以为你不会来呢！"艾青终于疙疙瘩瘩地说了一句。

"想不来的，怕你受到责怪，所以来了。"

"受到责怪？我？"艾青露出不解的神情。

"我不来，岂不是你的传递任务没完成？朋友不怪你吗？"谈芯故意装作不知道地说。谈芯的俏皮劲上来了。毕竟是第一次见面，人家也没有恶意，所以一些更调侃的话，谈芯没说。人家不过是请一杯咖啡而已，不用那么刻薄。

艾青的脸又红了。

这时，咖啡端上来了。谈芯习惯性地拿起咖啡伴侣和糖，问："要不要放些伴侣和糖？"

说完，不由分说，给艾青的咖啡杯里放了些伴侣和糖。

"你说的那个记者，从没有练习，居然能开枪，一枪一个准，是真的吗？"艾青改用普通话就流利多了。

"是啊，我也纳闷，怎么会那么准呢？若非在现场，我也不信。"她一边搅动着咖啡，一边慢悠悠地说，口气不像是在说一件非同寻常的事,神情游离到了不知什么地方。

"他是怎么做到的?"艾青漫不经心地问。

"像对焦一样地瞄准,就做到了。"谈芯的回答更机械。

"这是他说的。"

谈芯说到"他",心里动了一下,吴优的脸到了眼前。她不可名状地陷入了沉思。

沉默再次降临。

谈芯不知道还能说什么,原来对她来讲,可以津津乐道或者侃侃而谈的故事,此刻却不知从何说起。谈芯突然发现自己的回答如白开水一样无味。

这是约会吗?谈芯再次问自己。如果是约会,怎么谈的都是别人?而那个别人,是别人吗?谈芯内心一跳。吴优的影子又不请自来。你这是跟谁约会呢?谈芯突然发现自己要逃,晚一分钟都不行。

"哦,今天还要值班,我得赶紧走了,再见!"谈芯站起身,不等艾青说话,快速离开了。

艾青蓄谋已久,鼓起了百般勇气而开始的约会就这样不欢而散。谈芯的离开,明白无误地宣告了约会的失败。

艾青又怎能甘心呢?

大凡写诗的人都有点偏执,越是不能的事情,越是充满了激情,所谓愤怒出诗人。打个比方,如果一追就到手的姑娘,反而因为来得太容易，就不懂得珍惜，时间长了，更容易审美疲劳。谈芯的离去让艾青更充满了激情。如果之前他对谈芯的感觉还像热水瓶，内热外冷，那么，这会儿便热情勃发。他勃发的表现，便是一天一封情书地往医院寄。让人分不清是诗歌还是情书，比如：

> 我没有鲜花，没有掌声，我没有金钱，没有地位，但我有爱，有鲜血，可以浇灌爱情之花，让她长久盛开。

又比如：

> 如果爱情是面包，我愿意将它切成三份，一份给祖国，一份给事业，然后再给你，那最后的爱。

再比如：

> 我将以我的一无所有去爱你，一直到地老天荒。

特别是有一首诗歌，用妈妈的口吻，把艾青百折不挠的个性，更明白无误地告诉了谈芯。

> 妈妈曾一再叮嘱
> 上排脱落的牙齿一定要埋在地下——
>
> 自然是好奇

种下的时候

我没有想到收获

而上排左方的那颗牙齿

至今还埋在屋顶的野藤旁

成为古怪的记忆

世上妈妈的话

都是真理

当那簇不开花的野藤

任意编织紊乱

我的牙齿长出来了

倔强的

不肯在原来的地方栖息

从此

我的思想

总走不出这个故事

包括和他相识

他那颗善良的心

总想

为我撑开一片晴空

而我

却像一只野鸽子

总爱在雨中奔来奔去

总之,诗歌把谈芯砸蒙了,谈芯何曾经历过这阵势?绵绵的情话、悠悠的情诗,这个世界怎么会有如此美妙的文字啊,原来,恋爱是这样谈的啊!

谈芯的心,在向艾青靠拢,他的结巴、他的偏执,此刻都变成了优点,是忠厚。那些细微体贴的语言如秋天的轻枝蔓叶,飘飘洒洒,向谈芯曼舞了一曲优美的恋歌。谈芯原本漫不经心的那颗心,硬生生让艾青写了回来。其实,艾青不知道的是,他同时把谈芯内心深处那个"他"给生生地写没了。说谈芯爱上了艾青的文笔,一点也不为过。

自从谈芯患了病,艾青常常想到"宿命"这个词。

十年前,艾青患了胃癌。医生等于给艾青下达了死亡判决书。这是一张不知道什么时候执行的判决书,也许几个月,也许几年。谈芯六神无主,她感觉要失去艾青了。夫妻做了那么多年,彼此已经成了自己的一部分,谈芯不能想象艾青走了以后,她要靠什么生存下去。她要抓住艾青,把他永久地留下来。她想到了吴优,当年的神枪手,如今媒体的领导。

从战场回来,吴优被分配到电视台当了一名记者,真正的摄影记者。五年后他当了副台长,十年前被提拔当了台长。谈芯找到他的时候,他差不多要从岗位上退下来了。当他知道谈芯的想法,出了个主意:艾青是个诗人,肯定有很多诗歌,你可给他开个诗歌朗诵会,届时我派记者过去采访,拍个专题片,既有意义,又是对他生平最爱的诗歌爱好做个总结。

这真的是一个好主意。艾青有很多学生,连朗诵的人都有了。

"谈芯的心愿——艾青诗歌朗诵会"在那年的十月举行了。电视台拍摄了专题片。当学生们知道这是师母为老师举办的诗歌朗诵会,目的是为将来留个纪念时,很多学生哭了。这样历久弥新的爱情,如今已是"寻寻觅觅,冷冷清清,凄凄惨惨戚戚"了。学生们自发为老师的朗诵会埋单,他们以自己的方式——AA 制为老师开了一场别开生面的诗歌朗诵会。

仿佛是神助,艾青的病自那以后好了大半,结合着吃中药,还有谈芯每周都盯着的抗癌饮食,艾青至今好好的,算是逃过了一劫。艾青想起那个时候吃的药,可真苦啊,要不是谈芯强制,他恐怕都坚持不下来。光是每周去抓癞蛤蟆,光是把那些丑陋的癞蛤蟆煲的汤喝下去就够恶心的,还有新鲜的鹅血,生生喝下去,喝过以后,还要不停地跑步出汗。为此,艾青跟谈芯不止一次吵架,最厉害的时候,艾青甚至说了宁肯去死,也不要活受罪的狠话。后来证明,这种民间的土法治疗,救了艾青,还救了很多跟艾青一样的癌症患者。但艾青知道,真正救他的,是谈芯的爱!

如今,谈芯突然就病了,病了的谈芯惦记的依然是艾青。想到这里,艾青的心一阵难受。他们曾经相约,要一直这样走下去,直到慢慢变老。可是,现在谈芯的存活期仅仅是 5.9 年。那艾青以后的日子，该如何打发？

生活在经过了几十年的长途跋涉以后，突然停了下来，一转身，又回到了原点。

艾青和谈芯仿佛捉迷藏，一个好了，一个又开始，没有完的时候。正当艾青焦头烂额的时候，学校领导找艾青谈话。艾青安顿好谈芯，给女儿艾美打了个电话，就去了。这一去，就是一场突如其来的车祸，艾青成了植物人。

艾青出院的那天，天下着鹅毛大雪。躺在担架上的艾青两眼呆滞地睁着，任雪花飘进眼里，却不知道闭眼。他睫毛上的雪花很快结冰，在脸上画了两道粗粗的白线。

"这个人是谁？"

谈芯对家里一下子那么多人很不适应。女儿艾美过来，轻轻拍着谈芯说："这是爸爸艾青。还有，您看，谁来了？"

谈芯一抬眼，发现人群中的吴优。

吴优还是那么消瘦，他的眼睛更大了，跟人对视的时候，眼珠子似乎要从眼眶里跳出来，直接跳进对方的心里。

"你还好吗，老朋友？好久不见，年轻许多啊！"

吴优用了一句广告语，他的热情明显做作，故意掩饰出来的轻松。

谈芯很不安，她对于躺在担架上的艾青，说不出的恐慌，她甚至顾不上跟吴优好好寒暄，敷衍了事地跟吴优打个招呼，就转向了已经被安置到床上的艾青。

艾青脸上的两道白眉此刻在慢慢融化,水沿着脸颊往下流。谈芯的眼前是艾青在搭建他们的婚房,也是汗流浃背,谈芯拿了毛巾在给艾青擦汗。那是多么温情的一幕啊!要结婚了,没有房子,艾青就在走廊靠天井的地方搭了个小屋,虽然才十来平方米,放置两个人的爱情却足够了。有了爱巢,两个人再不用整晚地"压马路"了。

谈芯拿来热毛巾给艾青擦脸:"艾青,你去哪了?怎么累成这般模样?你加班了吗?你都忘了自己什么年纪了,还那么拼命。艾青我告诉你,以后再这样玩命,我可不管你了。"

艾青瞪着两只眼睛,对谈芯的话充耳不闻。艾美过来拉着母亲说:"爸爸累了,让他休息吧。吴优叔叔还在呢,快些过去接待客人。"谈芯这才轻轻地关上房门。

让他睡吧,他实在是太累了。

家里暂时安静下来了,客人,包括送艾青回来的护士都走了,只有吴优留了下来。

按医生的嘱咐,艾青现在的昏迷是暂时的,虽然他没有意识,但是能自主呼吸,脉搏、血压、体温都正常,甚至能睁眼环视,貌似清醒,用比较规范的医学词语,应该算"清醒昏迷"。这是一种特殊的昏迷状态。这样的患者,如果照顾得当,奇迹出现的记录也是有的。谈芯当过护士,她知道怎么照顾患者,当然是在她清醒的时候。

其实，奇迹已经出现。

当谈芯得知艾青的伤势，她突然变得很正常了，她又变回了那个职业的护士长。对于艾青这样病例，需要怎么照顾，她心里明镜似的。首先，她拒绝了艾美找个护士的建议，还振振有词地说了照顾艾青日常只需要做的五件事：吃饭、喝水、拉撒、洗澡和翻身。还说艾青不能运动，必须吃流质或半流质食物。吃哪些东西才够营养，她也知道，不必请教医生和营养师。谈芯还说，艾青除吃主食之外，每天必须多次喝水，他躺着不能用杯子喝，所以她会用吸管喂艾青喝，水必须用手腕试过，太凉或者太烫会伤害口腔和喉咙，必须避免。还有，谈芯说，大小便的清理，怎好意思请别人代劳？那会损害我们艾青的骄傲，谈芯用了个"我们"，更显出了态度的坚决。谈芯接着说，如有腹泻或小便频繁，要随时更换衣服被褥。如有便秘，还要灌肠，严重时须用手抠出粪便。说到这里，谈芯转了个身，这个我来做最合适。还有每天两小时一次的翻身，捶打背部臀部，以促进血液循环，避免褥疮。你们告诉我，还有谁更合适？还有洗澡，每两天要洗一次。每天要擦身，这样既卫生又舒适，且是必需的，至于洗脸、洗头、刷牙、剪指甲、理发等，更不用说了，你们说，舍我其谁？

谈芯说这些的时候，吴优和艾美都在场，他们都被谈芯说得一愣一愣的，不知道怎么回答她。谈芯的清醒叙述和条理分明的解释，让他们觉得之前对谈芯的诊断是不是医院的误诊？他们能放心地把艾青交给谈芯吗?

"妈妈,你有多久没出门了?"

艾美的一句话,让滔滔不绝的谈芯傻掉了。她的脑子顿时一片糨糊,什么都记不清了。除了眼前的几个人,她的世界好像一片空白。

"妈妈,你知道吗?这段日子,都是爸爸在照顾你,你除了爸爸和眼前的人,谁都不记得了。"

谈芯瞪大了眼睛,仔细想想,好像是没有熟人和朋友了。

"谈芯,你病了,你得的是阿尔茨海默病。"吴优避开了"老年痴呆"这个敏感的字眼,他相信谈芯会懂,如果她清醒的话。

"你除了过去的事忘不了,眼前的事都不记得了,你连最好的朋友薛丽丽都不认识了。这段时间以来,你都怎么过来的,你知道吗?要不是艾青受伤,你现在依然是个糊涂的老太太。老天开眼,你清醒了。可是,艾青却又这样子。"

吴优的一番话,让谈芯一阵摇晃,她觉得脑子一阵胀痛,仿佛每根筋都要裂开。她努力地让自己稳定下来。她不知道自己这种清醒会延时多久?老年痴呆这种病不是随便就会好的,某个时候强烈的刺激可能会清醒一时,多半会回到原先的状态。目前的状态下,艾青未来长期的康复治疗和自己的病情,必须要做好安排。女儿的建议其实是对的。可是,即便有护士帮忙,也会添累艾美很多的,她目前家庭事业都正是最忙的时候啊。谈芯突然决定,要带着艾青一起上医院。事实上,他们两个人都需要治疗。

江城的滨江医院是全省最好的精神科医院。那里汇集了全省最好的精神科医生，对谈芯这样的患者来讲，最合适不过了。但是，艾青是需要通过护理来康复的，而照顾他的人，本人也是患者，这是滨江医院前所未有的。事实上，艾青伤的是头颅，颅内出血，看似不多，却压迫了其中的脑神经才导致昏迷，医生相信好好护理，待血肿消退，艾青也许会苏醒。医生说这些话是基于艾青的临床表现，并不是空穴来风。吴优是做媒体的，跟院长很熟，谈芯又是同行，曾经是名气很大的战斗英雄和劳动模范，无论于公于私，院长都愿意做这个通融。

滨江医院靠近运河。谈芯的病房正好朝南，靠窗的床位最接近阳光，自然是给艾青的，谈芯的床挨着艾青。同病房还有两位患者，病情都不太严重，属于巩固治疗的那种。用医院以前的叫法，这个病房的患者为33号到36号：依次为33号艾青，34号谈芯，35号青青，36号梅丽。以前医生查房，都习惯问，33号，昨天睡得怎样？药吃了没有？现在不可以直接叫号了，必须叫名字，这是对患者的尊重。

谈芯他们一住进来，梅丽就瞪大眼睛看艾青，她研究似地看了看艾青，嘴里嘀咕了一句什么话就离开了。35号青青倒是很热情，她跳下床铺，帮着护士一起安顿艾青。嘴里不停地说他不是男的吗？怎么到女病房来了？她看艾青面无表情，就问谈芯，难道他是女人？对了，一定是退役的人妖，说完，很神气地点了点头。

躺在最里边的梅丽冷冷地说:"别理她,她是神经病!"

"你才神经病呢,你们全家神经病!"青青回答得很麻溜。谈芯还未反应过来,旁边的护士却突然爆发了一阵哈哈大笑。

"有什么好笑的?"青青显然生气了:"我男人在美国,总有一天他要回来的,到时候看你们还敢不敢嘲笑我。"

"你男人?哼,你结婚了吗?"让别人不要理她的梅丽,首先跟她对上了。

青青自然毫不示弱:"总有一天他是要跟我结婚的,他说了,我是他永远的爱。这句话我不会忘记的,忘记了就是背叛,我决不做叛徒。"

"好了好了,你们不要吵了,你们没见到患者在休息么,讲点公德好不好?"那个瘦瘦的护士终于出来打圆场了。

现在谈芯病房的格局是这样的:

35号青青最年轻,她青春靓丽,充满活力,病房里有了她,就有生气。别看她嘴上说什么男人要从国外回来娶她什么的,全是骗人的把戏,她最不信的就是爱情。当时她是因为歇斯底里进来的,经过治疗,病情基本稳定,现在还在做心理干预,每天有心理医生给她辅导。可悲的是,不知道为什么,每次辅导回来,青青的心情就更差,谁要谈起感情或者爱情,她一定咬牙切齿地告诉你:"爱情是个屁!"

青青出身贫寒,在她之前,家里已经有了两个姐姐,她是母亲意外怀孕的结果。她出生的时候,家里已经是家徒四壁。父母把她当作讨债鬼，打内心里就不喜欢，所以青青自出生便不招家人待见。而青青却像一棵顽强的小草，在石头缝里都要开出花来，当年两个姐姐都高考落榜，青青却以高分考取了大学。显然，缺爱的孩子更渴望精神的寄托，读大学的时候，青青跟高她两个年级的学哥恋上了，爱得死去活来。这是大学里的常态。不知道从什么时候开始，大学里兴起了"即时恋"，即在大学读书的时候，可以随便恋上谁，想怎么恋就怎么恋，图的是快乐。用学生自己的话说，不浪费那大好光阴。至于毕业以后，大家各奔东西和前程，谁也别觉得欠着谁。青青的那个恋人家境富裕，青青低微的家世为男方的家长所不屑，这桩门不当户不对的情事遭到了男方父母的坚决反对，不惜以断绝生活费相威胁。在家庭的压力下，男方妥协了。等青青发现的时候，曾经那个说"永远爱你"的男人已经在美国了。青青痛苦至极，天天去酒吧买醉，不幸被坏人引诱，染上了性病，又怀孕，孩子生下来就死了，一同死去的，还有那一场轰轰烈烈的爱情和青青正常的思维能力。她现在最喜欢的是，拿着大眼李承鹏的书，一遍遍地念叨："自从我患了精神病，我的精神就好多了。"

36号梅丽是个小巧的女人。家住在近郊，那时候还在乡办厂工作。她长相一般，却很爱美，只要手里有点小钱，都花在打扮上了。这可苦了在城里打工的丈夫，拼死拼活，家里钱总是不够花。有一次家里吃饭，她老公指着饭桌上的咸菜说，今天我们大家吃你妈妈的皮鞋啊，味道好不好？把一对双胞胎的儿女笑得喷饭。可是，就是这样一个风趣的男人，因为父亲生病，母亲瘫痪，其中一个儿子被查出患了白血病，顿时发现生活完全没有了希望，一瓶农药就把自己打发了。

梅丽进来这里完全是因为她老公，用她自己的话说，老公那么爱她，一定会来找她的。为此，她白天晚上都不让家里人关门窗。是啊，老公不辞而别，自然没带钥匙，万一回来门锁着，他要怎么进来？若他以为家里没人，又走了，那可咋办？梅丽后来发展到把家里所有的墙壁都砸个大洞，说这样老公就能找到家了。家里人无法忍受跟她一起生活，只有把她送到医院来了。

梅丽生活的全部内容就是一个字——等。通常，她是最安静的，因为医生告诉她，要让她老公回来很简单，她必须把病治好。她是因为精神问题进来的，可是却查出了她患有严重的妇科病。她怎么得的这个病，谁也不知道。她唯一清醒的，是等老公。

这样的一个病房里，摊上艾青这个什么话也不会说的男人，倒也相安无事。无论青青还是梅丽，都没把他当个男人，她们进进出出，偶尔看他一眼，根本拿他当个聋子的耳朵——摆设。

谈芯是34号患者。说患者，好像也没有什么特殊的治疗。她进来的第二天，就基本弄清了35号青青和36号梅丽的基本情况，只是一转身，她还是忘。唯有照顾艾青，她像个尽责的护士，一丝不苟，认认真真。

每天一大早，她给艾青洗脸，按摩头部。嘴里还不停地说："艾青，你该醒醒了，别老睡觉，你看阳光多好，别让这么好的阳光白白浪费了。你这么大年纪了,晒太阳是最好的补钙方法。你有了钙,身体就强壮了。"

接着,谈芯会给艾青擦身体,翻身,一边擦,一边说:"艾青,你也该动动了,你不知道我这样很累吗?"

唠叨完这些,谈芯就开始给艾青喂食,这是一项很累的活。因为艾青吞咽反射消失,咀嚼功能退化,谈芯就变着花样把高蛋白、高热量的鸡鸭、鱼、肉等食物用粉碎机打成糊状,加上含有维生素的橙汁和猕猴桃汁,蔬菜汁,再加上新鲜牛奶和温水,兑成流质,一勺一勺给艾青喂食。最累的是给艾青洗澡。艾美不在的时候,谈芯需要请青青帮忙,把艾青抬进卫生间,放在一个特制的藤椅上,由她给艾青洗澡,洗好了,她还要费劲地给艾青穿上内衣,换上纸尿裤,再用浴巾裹着艾青,把他背出来。这项体力活,会耗去谈芯整整两个小时。有时候,谈芯看着艾青能睁眼环视,心中一喜,以为艾青的意识恢复了,可是,再看他没有任何表情的眼睛,才知道,那是毫无意识的反应。医学上称之为"清醒昏迷"。

艾青相比刚进来的时候,确是有了一大进步。他的脸色不再苍白,吞咽功能逐渐恢复。谈芯知道,植物人的复苏,概率几乎是零。尽管媒体报道谁谁昏迷了多久,在爱的呼唤下,清醒过来了,其实,那些醒过来的,并不是真正意义上的植物人,医学上对这些患者有个专门的术语:特殊昏迷状态。艾青突然遭遇车祸,脑神经中枢系统严重受损。虽然保住了生命,却一直处于一种混沌的状态。谈芯相信，只要精心护理，爱心一定能创造奇迹。

下午，谈芯有了短暂的空隙，她会坐在艾青旁边，听着运河上船来船往的声音。突然感觉，生活如此真实。这个时候，她有机会想想自己，想想曾经经历过的唯一一次战争，感觉如此遥远，像是上一辈子的事了。

在谈芯看来，这个热热闹闹的世界突然变得那么宁静，仿佛除了艾青，就没有其他的熟人。

而眼前的青青和梅丽，她们是上苍派来的使者，她们是来监督她当好妻子的。所以谈芯唯有更用心地照顾艾青。她依然健忘，但她现在已经不需要记住自己的事情，她也无暇顾及自己的事情，她现在所有的注意力，都在那个躺在病床上的艾青身上。青青和梅丽有时候拌嘴，有时候好得像一个人似的，对于爱情的看法，她们总是达不到一致。她们像一部电视剧里的某一集，三分钟一个小高潮，十五分钟一个大高潮，每集的末尾还留个噱头，爱还是不爱，没完没了，让你总是期待明天。

谈芯欣然接受了她"现在的记不住，过去的忘不了"的现实，挺好。好在她认识艾青，从没有忘记。只要生活中有艾青，即便是病着，也是幸福的。"这个世界有艾青，就好。"谈芯偷换了胡兰成说张爱玲的那句话，感觉很自得！

有时候谈芯也会看着艾青发呆，她想，胡兰成虽然为人不怎么样，但他爱张爱玲的时候，确是轰轰烈烈、全心全意的，只是这样的爱情太短暂。那个说了"我在三生石上等你"的胡兰成，爱张爱玲不到三年就另觅新欢了。终其一生，他除了当汉奸，就是不断地周旋在女人中间，这样的爱情，是不是也有病呢？谈芯联想到自己和艾青、青青和梅丽，似乎都是病着，却深陷爱情之中不能自拔。这才猛然发现，原来爱情就是一场病啊！

　　呜呼！

3 小歪的秘密

小歪今天起晚了。

昨晚网购上了瘾，睡下的时候，已经后半夜了。好不容易睡着了，梦里却在大嚼巧克力，早上醒来时，嘴巴还腻味得张不开。闹铃响起她跳起来一看，七点半了。心急火燎地起床、洗脸、刷牙，外加拿了一盒牛奶，坐进汽车直到发动汽车，仅仅用了五分钟。如果把这五分钟切割一下，很容易就排出小歪的时刻表：刷牙一分钟，洗脸一分钟。具体动作是这样的，水龙头打开，往脸上泼点水，双手成八字往两边打圈，再泼水，用干毛巾擦干。接着打开冰箱，拿出一罐牛奶，穿鞋，步行到汽车库，不到三分钟。打开车门，发动机器，加起来就是五分钟。如此这般，如果前面不是有个"她"字，没人相信这是一个25岁女孩的做派。时下的女孩把脸当成了珍宝，颜值高于一切，因此细心呵护，生怕怠慢。什么化妆品高档就往脸上抹什么，基本上没半个小时不出门。更有讲究的，早上、中午化妆还不够，晚上若有饭局，还得提前回家补妆，然后光彩照人地出来应酬，美其名曰：礼貌，尊重别人！

小歪是个另类。她常常夸自己心里美，拼的是心里的那股底气。也是，她从不搽粉的脸上，除了肤色有点深，还真光洁透亮。为此，她的同学雨爱曾意味深长地说，得查查她的父母，中国人没有这等好肤色的。

说到小歪的长相，难怪她那么自信。上苍似乎格外青睐她，眼睛不大，但眼珠子黑。眼皮薄薄的，如晴雨表随时变化，你简直弄不懂她是双眼皮还是单眼皮。你说她是双眼皮吧，哎，她有时候是单眼皮；你说她是单眼皮吧，她给你闹个双眼皮，你都闹不准她什么时候变。她的鼻子小巧但鼻梁很挺，嘴唇肉嘟嘟的还略往上翘，是当下最时髦的性感状。细细看，她的眼睛是会说话的，有时候慈眉善目、含情脉脉，有时候怒目圆瞪、虎视眈眈，全看她的情绪和心情，阴晴雨雪，变得正是当时。当然了，那是她跟朋友在一起时，极放松的状态下，就不是这般。在陌生人面前，她是一个极不起眼的乖乖女。

这样的长相，小歪如此糟蹋，雨爱很是心痛。就比如一块好玉，懂的人，会好好珍惜，不懂的，只把它当一块石头。为了改变她，雨爱特意到她家，亲自教她怎么用护肤品，怎么保养，怎么化妆。小歪也认真听，虚心接受，可是，第二天，小歪还那样。对此，雨爱有份恨铁不成钢的无奈："你呀，就是不体谅爹妈孕育你的那份辛苦，也该珍惜上苍给你的那份厚爱。嗨！真拿你没办法。你不知道三分长相七分打扮吗？总有一天，你会为自己今天的自信埋单。"

话说得有点重，但话里话外的意思，明白着呢。

小歪是江市政法大学的学生，还有一个学期就要毕业了。她从小爱打抱不平，属于"要事情"那一类，这样的人，最适合当律师。所以，当初读大学，小歪毅然选择了法学专业。临近毕业，很多同学危机重重，特别是农村来的同学，毕业的去向就是失业。家里有点小产业的还好，在外头留不住，还可以回家混口饭吃。一般人家的孩子就惨了，好不容易跳出了农门，出来读书，难不成再回去当农民？不回去，就要在城里找工作。如今的工作，哪有这么好找的，没有三分三，谁要你？只能千方百计，自找门路了。自找门路，哪有那么容易？人生地不熟的，找谁去？没有关系，等于你就是个来历不明的人，谁敢要你啊。关键是小歪他们的专业，是法学，除了考公务员，就是当法官、当律师。当律师，要有律师资格证的，那是要经过严格考试才取得的。考证书也不是那么容易，怎么办？一些同学退而求其次，已经想方设法报名参加教师证的考试，只要拿到教师证，至少可以去当教师。小歪可不同，她读大学的目标很明确，就是奔着当律师去的。尽管妈妈希望她考公务员，当法官，混个铁饭碗，然后像很多女孩子一样，结婚生子。寻常人家的女孩子都是这样过来的，虽然平凡，但靠谱。女孩子么，要的就是实实在在的生活。偏偏小歪是个爱折腾的人，不要安稳的日子，更不要父母的关系，她自己找了个不起眼的小事务所实习。虽然条件艰苦，但有事情做，还很忙。忙碌的最大好处是能接触到大量的第一手材料，能力得到了锻炼。换个角度思考，这是付了学费也学不到的知识，所以，小歪很在乎这份工作。尽管是实习，她可没把自己当外人，工作起来，十分地投入。

今天，小歪她跟当事人约好了八点半见面，她必须在这之前赶到律师事务所。开车的路上，小歪也没闲着，她就着车上的几块饼干，把牛奶喝了。这是实习生小歪律师生涯正式开启的第一天。

事务所里，小歪的当事人已经等着了。

这是一个脸上布满了愁云的女人，纵横交错的皱纹，显示了她经历的风霜。见到小歪，她有明显的失望，小歪的年轻让她原本沉甸甸的心更加焦虑了。

女人的叙述很凌乱，东一块西一块的，像七拼八凑的一块布。听到最后，小歪总算明白，女人的孩子叫肖远，今年20岁了，某天晚上回家，路遇邻村的朋友，被邀请去他家看电视。看完电视已是深夜，朋友说要去一个地方搬沙发，让肖远帮帮忙，肖远就去了。

第二天，肖远还在梦中，就被公安来人抓走了。女人知道这个事，气儿子糊涂，怎能如此帮人？这回祸闯大了。但她没想到这是犯罪了，只以为儿子是犯错了，也不是什么大错，不就是帮帮忙么，抓进去关几天，教育教育，也是好的。哪知肖远自被抓以后，就再没回来。她天天去乡里问，都说不知道关在哪里，是市里抓去的。去市里问，又说这是乡里的案子，市里管不着。这样过了三个多月，家里突然接到一张法院的判决书，肖远被判了六年有期徒刑。女人一下子懵了，找公安，找法院，得到的结果是，既然刑事判决书都已经下达，意味着这个案子结了，现在说什么都迟了，不服可以上告。

小歪不明白，就这么一件事，竟会判六年，依据在哪里呢？小歪接过法院的判决书，仔细看了一遍，这就看出了端倪。

首先，是判决的依据，有两条：其一，《中华人民共和国刑法》

（以下简称《刑法》）第152条，那是针对惯窃的；其二，盗窃他人财产，"数额巨大"。根据《刑法》第152条，盗窃他人财产，数额巨大，要判三年以上十年以下有期徒刑。本案的价值4000元，已经构成了数额巨大。本案中肖远是帮别人忙，是唯一的一次，用法律术语讲是初犯，而初犯适用的刑律应该是《刑法》的151条。这就是适用刑律不对。按女人的说法，肖远根本不知道是犯罪，是犯糊涂。但肖远的朋友，却是惯犯，判决书上细列了他数次偷盗的记录。从判决书上看，因为是共同犯罪，法官就用了《刑法》第152条刑法来判这个案子。问题是这个案子虽然是两个人共同犯罪，但犯罪的性质是不一样的：一个是主，一个是从；一个是数次，一个是初次。如果把两个性质不同的罪行适用同一条刑法，显然有失公正。判决书上讲，肖远认罪态度好，所以判了六年，他的同伙则判了七年。但按《刑法》针对初犯的第151条来判，是"三年以上，七年以下。如果认罪态度好，拘役或者管制"。这里的一来一去，相差就大了。既然判决书上讲，肖远认罪态度好，照常理，他只是法盲，去帮忙的，判拘役或管制就可以，不用进监狱的。

小歪以她敏锐的思维和娴熟的法律知识，看出了问题的所在。这让女人一下子对她刮目相看了。

问题是找出来了，可是解决起来却有点难，因为肖远已经被关进了监狱，要出来，谈何容易？唯一的办法是申诉。

小歪仔细地向女人解释了案子的来龙去脉，认为这个官司是可以打也能打赢的。女人看来已经六神无主，她像抓救命稻草一样地抓住了小歪，把所有的希望都寄托在小歪身上。

送走了女人，小歪总算有空给自己倒了一杯咖啡。

这是小歪进入事务所实习以后接手的第一件案子，其实是事务所分配来的一件法律援助的案子。江城大大小小的律师事务所几十个，隶属司法局管理，这些律师事务所每年都有一些由司法部门分配来的案子，要事务所尽义务的，算是公益活动，名为法律援助。它也是政府对无经济能力的犯罪嫌疑人的一个救助措施。通常，法律援助分来的案子多为刑事方面的，处理这类案子常常吃力不讨好。所以，有经验的律师都不会主动揽这个活。而实习生就不同了，通过案子，不仅了解案情，还能学到很多专业知识，并可以放开手脚去实现自己的职业理想，为自己将来正式踏上律师岗位奠定夯实的基础。而作为律师事务所来讲，也希望通过这种不带物质利益的官司，既为社会尽义务，也为事务所赢来声誉，何乐而不为？

小歪运气挺好，第一次接案子，就如此清晰地抓住了案子的要害，不禁沾沾自喜。这种开心放在心里而不说出来，憋得难受，所以很想找个人说说，显摆显摆。但她又不好意思在同行面前说道，怕被同事笑：才来几天的小姑娘，便如此逞能？想来想去，还是打电话约同学雨爱，请她中午吃西餐。偏偏雨爱今天有约了，小歪只好闷闷不乐地去食堂。

远航律师事务所在江市的西南面，房管局大楼的五楼。当初所长李航看中这里，首先是这里的外部环境，其次是这里的食堂。对事务所这样的小单位来讲，麻雀虽小，五脏俱全。其他好办，唯独吃饭问题有点麻烦，十几个人，要办个食堂，太不划算了。所以，一看这里有食堂，先就满意了一大半。再说，这座楼依水而建，从办公室往外看，小桥流水，河边傍水人家，真正的江南清丽地。春夏秋冬，季节变换，风景画一样地轮番呈现。特别是春天的桃红柳绿、夏天的蛙声一片、秋天的丹桂飘香、冬天的阳光明媚，惬意得不要不要的。这里说是城市又不喧闹，说是乡下又不偏远。想想也是，房管局么，本来就管着房子，自己家的房子，当然得建在最好的地方。

小歪端着饭碗，来到靠窗边的座位，一看，桌子对面坐着所长李航，想离开，又觉得不妥，犹豫着要不要坐下。

李航对这个新来的实习生颇有好感。他还记得小歪求职时的情景，其实不算求职，是请求来事务所实习。那天，小歪不速之客般地闯进李航的办公室，开口便直奔主题："我是即将毕业的法学专业本科学生，我的理想就是当个律师，但目前我还没有律师证，可我有一颗律师心。如果您给我机会，我一定不让您失望。再说，您也不可能失望，因为我不要您的任何承诺，比如实习工资啊、补贴啊、将来就业啊等等。换句话说，我若不能胜任工作，会自动走人，绝不给您添任何麻烦。我只要求您把我当个免费劳动力，尽情使用，用我的价值，换您今天对我的信任。"

李航从事律师工作十多年了，带领这个事务所已五年了，没见过这样求职的。短短的几句话，就把所有的意思都表明了，显示了这个姑娘超凡的口才和自信。这是当律师最起码的条件。他很欣赏这个姑娘的勇气，敏锐地感到她是可塑之材。干律师这一行，思路清晰和条理分明是首要条件。这个姑娘说话果断干脆，直入主题，直奔结果，看得出性格坚强，是当律师的材料。特别是那句"我有一颗律师心"，给李航留下了深刻的印象。都说热爱是最好的老师，李航从小歪的身上，看到自己当年的影子。当初要不是自己喜欢这个行当，业余帮人家打官司，李航现在可能还是个钢铁厂的下岗工人呢！李航破例同意了小歪的请求，连小歪的履历表都没有看。英雄不问出处，李航也不想问来历，小歪就这样进了远航律师事务所实习。

李航看到小歪，想起她来求职时的情景，忍不住想笑。原本有些拘束的小歪更不好意思了，坐也不是，站也不是，索性横下一条心，大大方方坐下，开口就问："所长，您不问问我这几天干啥了吗？"

这是小歪的性格，感到左右为难的时候，会冷不丁地主动出击，给自己打气。

"这正是我想问你的，说说看，这个法律援助的案子怎么样？"李航不紧不慢地说。

"这个案子太搞笑了，我简直不敢相信法官居然会把共同犯罪的初犯和惯窃一起判了。"

"这个很正常啊，共同犯罪的，当然是放在一起判的啊！"李航说。

"问题是，他们两个虽然共同犯罪，但一个是初犯，一个是惯窃，总不能适用同一条刑法吧？"

不等李航说完，小歪就抢着说："他们把初犯也当成惯窃判了。判决书上居然还说他犯罪态度好，所以判六年，那个惯窃，还判了七年呢！"怕李航听不懂，小歪又说。

李航认真听完了整个案子的前因后果，问她接下来的打算。

"我认为这个官司是值得打而且胜算的把握很大，只是当事人已经被执行刑期了，现在唯有申诉一条路了。"小歪边吃边说。

"以我的看法，越是简单明白的案子，越是会节外生枝，我劝你不要过于自信。"李航抬起头说。

"会有什么事呢？这个错误是明明白白的，判决书就是证据！"小歪肯定地说。

李航微微笑了笑，不忍打击她的积极性，所以又问："你有没有想过，通过申诉，达到一个什么样的目的？"

"当然是纠正错误，改判啊！"

"法官把初犯当成惯窃来判，判决书上的文字就是证据，有什么理由不改判的？理由很简单，比如学生做错了题，老师批出来错了，要不要改正？"小歪又加强了一句。

李航笑了笑："小姑娘，别想太简单了，判案不是批作业，在事情没有解决，案子没有翻过来以前，说什么都是理论上的，做好最坏的打算吧！"

"最坏的打算？"小歪习惯性地用眼睛盯着李航，以示对这个话题的重视："难道还有另一种可能吗？如果共同犯罪就要适用共同的刑律，那么法律要那么多复杂的条款干什么？何况共同犯罪还有主次之分呢！"

李航欣赏这个姑娘的干练，他笑了。说实话，他打心眼里喜欢小歪的泼辣。

"祝你顺利！"李航离开的时候说。

小歪是陈小婉的外号。封她这一外号的是她的同学雨爱。那是刚进入大学的第一个学期，两人分在同一寝室。雨爱第一次发现，小歪洗脸跟部队当兵的一样，用水往脸上泼几下，然后用毛巾擦干，之后什么也不搽。当时就把雨爱给惊得目瞪口呆："天哪，你可真会糟蹋女孩子这一称呼。女孩子么，哪有这样洗脸的？你如此大大咧咧的，将来哪个男孩子敢喜欢你啊！"

"这个就不劳你操心了。我的妈妈，从来不搽什么东西，皮肤就是出奇的好，我的爸爸爱她爱得死去活来，不信，你看看我爹妈就知道什么叫羡慕嫉妒恨了！"

小歪说完哈哈大笑。

"脸皮够老的呀，你还以为是万恶的旧社会啊？现如今女人搽护肤品是潮流，所谓的女人香，就是这样香出来的，没见过你这样的。"雨爱说。

"你今天不是见到了？真实的陈小婉，如假包换！"

"你哪有女孩子的委婉啊？还小婉呢？看你那强词夺理的德行，不如叫小歪吧！"

从此，陈小婉就变成了陈小歪。对此，陈小婉还挺乐意。叫的人乐，应的人欢，叫多了，反而忘了她的真名。

2012年11月5日，星期一，小歪去法院递交申诉书。

实习生小歪第一次见法官，到底有点胆怯，怕碰钉子。所以，她比较老到地先联系好了在法院工作的邻居赵大姐。

中国是个人情社会，整个国家就是一张巨大的人情网，同样的一件事，因为有了熟人的牵线搭桥，或许就事半功倍。没有人情关系的，瞎摸半天，或许还找不到北。小歪深知这个道理，尽管是一件很正常的案子，还是找了熟人。

赵大姐很客气，她仔细听完小歪的述说，告诉小歪，可以把申诉书交给她，由她转交给相关部门。她说："有什么消息，我会告诉你的。"

小歪没想到事情如此顺利，这是一个好兆头。她吹着口哨，出了法院的大门。

时间还早，小歪突发奇想，去监狱看看当事人肖远。

汽车行驶在去郊外的路上。

小歪习惯性地打开交通台。收音机里正在播出一则新闻，讲的是一个交通事故。据说，当时驾车的车主黄宇为了避开一条狗，撞到了隔离带上，整个车头都撞扁了，他和坐在副驾驶座上的妻子当场毙命。事故很惨烈，一条狗的命换两条人命，怎么算都不值。但人生不是这样计算的。正所谓"狗咬人不是新闻，人咬狗才是新闻"一样，新闻的"眼"在后头。事故过去了半年后，突然冒出了一个女人，抱了个半岁大的孩子，找到了逝者黄宇家，说孩子是黄宇的，要来继承遗产。这可把正在悲伤中的黄宇的儿子黄鹤惊呆了。爸爸活着的时候，和妈妈相亲相爱，一家人其乐融融。如果这样的家庭还会有外遇，那么中国还有正常的家庭吗？黄鹤当然不信爸爸会做这样的事，自然也坚决不承认。于是，女人便告上了法庭。但是，法院最后的判决是女人败诉。因为女人拿不出确凿的证据来证明这个孩子是黄宇的，所谓死无对证。

听到这里，小歪习惯性地进入了角色。她想，这个"小三"固然可恨，不值得同情，但也够倒霉的。如果事发当时，就能得到信息，或者想到要打这样的官司，至少可以在黄宇火化前，要求提取他的DNA组织，做个亲子鉴定，就能证明孩子的来历。如今，说什么都晚了，如今黄宇成了一把灰，这个女人要怎么面对自己的后半生呢？

汽车很快到了肖远服刑的东湖监狱。办妥一系列手续，小歪见到了肖远。小歪倒抽了一口气。肖远瘦弱得一阵风就能吹倒，他腰都直不起来，不断地说胃疼，说去医院检查了，没病。小歪不知为什么突然想起了台湾的女作家三毛，想到她常常说心情不好，不开心了，胃就绞痛。想来，肖远也是因为情绪不好，才会这样的一蹶不振。

小歪和肖远交谈以后才知道，肖远当初确实以为只是给朋友帮忙，只是个搬运工，却被当成窃贼。当时公安到他家来抓他，他还以为搞错了呢！直到公安还搜查了他的家，把家里养蚕的两千块钱也搜走了，他才意识到自己犯了事。关于家里被搜走的钱，虽然打了收条，至今也没还，当赃物没收了。可是，他当时只是帮朋友"搬"家具，事发后，家具也收缴并退还给厂家了，不存在赃款一说。如今事实已经清楚了，案子也判了，钱总该还了吧？可是，公安、法院的人都说他们那里没有搜来的钱，到后来，干脆说，该找当初给你打收条的人。扯来扯去，钱至今也没还，看来也不可能还了。肖远觉得自己挺冤的，怎么也想不通。特别是到了监狱里面，当他说自己就是上了损友的当，糊里糊涂地跟着去搬了回家具，就被判了六年刑，谁都不信并耻笑，认为他撒谎。

小歪本以为见到肖远，告诉他申诉的事，他会高兴的，毕竟现在可以打官司，而且胜算的把握很大。可是，看到肖远如此消沉，她不免沉重。而她唯一能帮他的，就是尽快帮他申诉成功，早日出狱。

回来的路上，小歪又想起了那个车祸的事，她总觉得这个新闻的背后，有一些什么东西隐藏在那里等着她去探究。这种感觉，随着汽车的飞驰，越来越强烈。等回到家里，她饭也顾不上吃，拿起电话就拨了在电台工作的丽娜的手机："丽娜，在哪里？"

"什么事？这么急？"丽娜一听小歪的口气，就知道她很着急了。

"不急，但也不能晚，如果你今天晚饭没人请你吃饭，那我请你。不过是到我家，好菜好饭伺候你，饭后有尚好的冰茶等你喝呢！"小歪说。

"冰茶？这可没听说过，一定来见识见识什么是冰茶。晚饭么，就不必了，我在减肥，男朋友约也不去的。"丽娜毫不客气地说。

"你呀，就是重色轻友，都已经那么'妖怪'了，还减什么肥啊？"小歪忍不住打趣她。

丽娜的臭美是出了名的，她跟小歪正好是两个类型，恨不得每次出门都化妆。你只要跟她谈起美容产品，她就会滔滔不绝。

"不说了，赶紧来吧，有要事找你呢！"小歪不等丽娜回答就挂了电话。

小歪目前跟外婆住。外婆退休前是一所中学的校长，赋闲下来以后，大把的时间没地去，整天动脑子提高生活质量。从做菜到健身，从精神到物质，外婆都能面面俱到。小歪有时候也纳闷：这个老太太哪来这么好的精力，竟能把生活调理得那么周到？很多时候，小歪有想法，最想沟通的人，不是父母而是外婆。比如不考公务员而去当律师，外婆是最坚强的后盾，要不是有外婆的鼎力支持，父母的那一关是绝对过不了的。

今天小歪回来得比较早，老太太在阳台上看书。秋日的阳光照在老太太身上，勾勒出一幅宁静祥和的图画，最美不过夕阳红啊，小歪内心一阵柔软，她不忍打破这种温情，悄悄回了自己的房间。

不一会，"叮咚"的门铃响了。小歪赶紧去开门，丽娜风风火火地进来了。她穿了一件褐色的风衣，据说这个颜色是纯植物染就的，是介于黄色和白色之间的中间色，这种颜色的学名叫"石榴皮"。也是，因为商家介绍，是用果实石榴皮进行染色的，想来价格不便宜。配上大红的围巾，脚蹬红色高筒靴，精心化妆的脸，丽娜美丽到无懈可击。

"宝贝，你的冰茶呢？让我开开眼。"

丽娜一进门就急不可待地问。

小歪拿过放在一边"醒"着的冰茶，轻轻递给丽娜。

"这是什么好茶啊？软不拉几的。"丽娜的口气里有上当的感觉。

"你可别小看了这茶，轻易不拿出来喝的。"小歪说。

"这是外婆福建的朋友快递过来的，属于铁观音系列，也叫湿茶，其实就是加工到一半的中间产品，没有经过最后一道烘焙的工序，所有喝过这款茶的人都说，这个阶段的茶最好喝，茶出水快，味鲜爽，香气奇高。因为缺少了烘干这一道工艺，所以能够最大限度地保证茶叶的原味，但很难保存，须放到冰箱的速冻箱存放。喝的时候，要先拿出来'醒一醒'，待茶的冰化了，才开始泡。怎么样？我对你好不好？"小歪洋洋自得地说。

"知道，你就是对我好呗！"丽娜油腔滑调起来蛮可爱的。

小歪微笑着拿来一套青绿色的龙泉瓷小茶具，在电磁炉上注上水。这个时候的小歪，看起来更像个淑女。她娴熟地烫杯、洗茶，再把刚从冰箱里拿出来的，已经"醒"过的冰茶，泡上水，洗了一遍，再续上水，闷几秒钟，然后倒在公道杯里，最后，才把香气扑鼻的茶，递给了丽娜。

"真不愧是好茶，满口留香，口中津液满溢。喝完后，咽口水都是甜的……"丽娜到底是有口福的，懂得享受。

"慢慢喝，好茶是要品的。"小歪用三个手指，轻轻地端起茶杯，做了个示范动作。

"你们报道的那个车祸的案子，究竟是怎么回事？"小歪像是无意间想起了什么事。

"原来你是冲这个来的啊，看在好茶的份上，我就对你直说了吧！那件事早歇菜了，没什么戏。之前还以为能跟出个什么大新闻来，到头来不过是一场闹剧。"丽娜说。

"是吗？"小歪说："今天我在汽车里听到你们报道的那个车祸案，似乎觉得没那么简单，背后肯定有些什么。哎，你知道我是个做律师的，案子的背后有没有戏，常常会有第六感觉的。"

丽娜很认真地盯着小歪："看不出啊！你都已经是律师了。不会吧，前些天我才听说你去律师事务所实习了，怎么一眨眼，就成律师了？"

小歪不好意思地摇摇头："别较真了好不好，我将来总是要当律师的,说不定以后你还得求我呢,别那么刻薄!"

"好茶还不能贿赂你!"小歪又接了一句。

"好好好,还是先喝了好茶再说。"丽娜端起那个精致的龙泉青瓷杯,轻轻地抿了一口。

一壶茶没喝完,小歪已经基本掌握了车祸案的来龙去脉。

新闻报道中的死者黄宇和妻子柏丽三十多年前曾一起下乡,三年后黄宇当兵,柏丽考上了师范学校,虽然两个人分开了,但两颗相爱的种子早已种下。柏丽毕业后到中学教书,黄宇复员后到民政局工作,两个人像很多恋人一样,修成正果,结婚生子,生活虽然平淡但很幸福。不久黄宇下海经商,做起木板生意并逐渐积累了一点资金。

两年前,黄宇的生意扩展到义乌,在那边开了一家经营木板的分公司,每周总要在江市和义乌之间往返。钱是赚了,生活其实很辛苦,就在半年前,两夫妻从义乌回来的路上,出车祸双双归天。他们的儿子黄鹤从澳大利亚留学归来后,在上海的一家涉外企业工作,父母车祸后只好回来接管父亲的事业。哪知半路杀出个"程咬金"。半个月前有个妇女抱了个孩子,找到他,说孩子是他的弟弟,他父亲黄宇的骨肉。

黄鹤一下子接受不了这个现实,在他的印象里,父母好得一个人似的,绝不会有外遇。再说,现在父母都已双双离世,那个女人又拿不出确凿的证据来证明这个孩子是父亲黄宇的,黄鹤当然不予理睬。

听到这里，小歪的脑子突然"轰"的一下，想起了自己当初为什么会感到这个案子背后一定有什么隐情，现在知道，是一个想法，即女人并不是没有证据。如果这个孩子真是黄宇的，可以通过跟黄鹤的 DNA 做比对，也就是兄弟间做亲子鉴定，如果有血缘关系，总有蛛丝马迹。

丽娜听小歪那么一说，也傻了。想想，小歪说得很对，既然父母和子女的 DNA 可以做比对，同父异母的兄弟也是可以的，至少有一半的可能性是存在的。

两个喝茶的人，喝到这个时候，都有点发呆，各自进入沉思。

丽娜作为媒体人，最想做的，是追踪报道，挖出黄宇背后的故事，不管黄鹤承不承认，这个官司打起来，肯定热闹。无论什么结果，对于媒体来说，总是能打知名度，博取听众，说不定年底还能评个好稿。这叫"柳暗花明又一村"。

而小歪想的是，若能帮这个女人找到血缘关系的证据，至少证明了自己的职业敏感，还可以给孩子一个交代。不管大人做了什么，对抑或错，孩子是无辜的。

律师是做什么的？不就是保护当事人的合法权益吗？但小歪毕竟是个实习生，没有律师执照，不具备打官司的权利，再说也没有人请她去打这场官司。她现在想的，不过是多管闲事。真正打官司的时候，她连个代理人都不是，名不正言不顺，即便再义正词严，法官也不见得肯理她。话说回来，帮"小三"出场，小歪首先过不了自己这一关，即内心的压力。当然，对于黄宇，小歪未知半点，没有权利说三道四。那个孩子，到底是真的，还是冒牌货，现在依然是个谜，仅听女人的一家之言，并不能说明什么。很多女人痛恨"小三"，觉得是她们破坏了自己的家庭，小歪真要站出来为孩子讨个说法，她首先得罪的是循规蹈矩的良家妇女，明摆着把自己放到了多数女人的对立面。所以，要不要介入此事，小歪要仔细掂量。

丽娜呢，毕竟是个媒体人。媒体人是什么？新闻工作者。新闻工作者不能介入新闻事件的本身，只能做客观报道，是新闻工作者应遵守的职业道德，也是一个底线。但新闻工作者可以通过话语权，推动事件的发展，促使事情的解决，这又是新闻记者的责任。所以，丽娜临走时说："小歪，只要你敢介入这件事，我就敢跟踪报道。"

怎么介入？须好好设计。小歪和丽娜都有些兴奋。

死者黄宇的木板经营公司在江市，属中等规模，将近一亿元的资产。自从接管了父亲的企业，黄鹤忙得晕头转向。半年的时间，他刚刚从这件悲痛的事件中拔出来，就半路杀出个程咬金"弟弟"，令他头痛无比。好在官司打下来，女人拿不出什么证据，所以，事情也就不了了之。

这天，他在办公室接到一个电话，说记者要来采访。前几日他已经被记者缠得烦不胜烦，所以断然拒绝。哪知刚放下电话，丽娜已经进门了，小歪则紧随其后。两位美女进来，黄鹤不好当面给脸色，只有忙着让坐。

"黄总好，不好意思，打扰您了，请千万别记恨我们，因为我们也是不得已！"丽娜的口气有点诚惶诚恐。

"迫不得已？"黄鹤露出不解的神色。

"黄总不知道吧？现在网络上就您父亲的私生子一事闹得沸沸扬扬，您不知道吗？"丽娜如此这般地一说。

"什么？网上都有了？"黄鹤吓了一跳。这段时间他忙得焦头烂额，根本无暇上网。

"说什么的都有啊。什么有钱人就是黑心肠，连半岁的孩子都容不下。如果心底无私，为何不去做个DNA鉴定，一切不就清楚了吗？黄总，您是真不知道还是……"丽娜故意小心翼翼地问。

"我有必要骗你吗？"黄鹤终于急了，声音也不觉大起来。

"黄总，现在有了网络，很多事情都瞒不住了，更有甚者，还利用网络大做文章。不是有句话吗？自从有了网络，就诞生了一批网络流氓，他们整天无所事事，挑起事端，在网络上打口水战，天下不乱绝不收场。那是一批吃了饭没事干的吃瓜群众啊……"丽娜越说越起劲了。

小歪在边上不说话，心里在笑，且看她怎么收拾这个道貌岸然的家伙。

丽娜的话，似乎站在黄鹤的角度，他开始安定下来了。

"还有人说，别看黄宇平时慈眉善目的，装得人模人样，还捐助贫困学生什么的,其实都是在帮自己捞资本,瞧他背后做的那事!"

"还有说得更难听的呢。"

小歪终于忍不住,也进来横插一缸子。

"现在的人啊,真不要脸,理直气壮做婊子,大张旗鼓立牌坊。"小歪毫不客气地说。

黄鹤听到这里,简直不相信自己的耳朵。他想不明白现在的网络怎么了,吃饱了撑的吗?黄鹤没遇到过这些事,他25岁那年从澳大利亚回来,一直在上海的外企做高级白领,从事自己喜欢的工作,钱也不少挣。半年前,父母出了车祸,不得已,他回来接家族的这个"盘",不曾想发生了一连串的事,令他招架不住。

他很后悔留下来,照他自己的意愿,处理好后事,就回上海,家里的事可以交给职业经理人做。都是奶妈桂枝坚决要他留下,说唯有这样,九泉下的父母才会心安。您是奶妈一把屎一把尿地带大的,母亲活着的时候一再关照,要孝顺奶妈,把奶妈的孩子当弟弟,当年是她一个人喂饱了你们两个孩子。

原来当年黄鹤的母亲生了他以后,突发急性肝炎,只好把黄鹤送到曾经下乡的地方,恰当年的小姐妹桂枝也生了孩子,于是就两个孩子,共饮一个母奶。直到一年以后,黄鹤断奶,才回到父母的身边。

小歪又有了一个意外的发现,黄鹤还有个一奶不同胞的弟弟,而且跟他几乎同岁。

"黄总既然不在乎遗产,不如像人们说的,去做个 DNA 鉴定,也好堵别人的嘴,让谣言飞啊!"

小歪不失时机地幽默了一把。

"对了,忘了跟您介绍,这位是远航律师事务所的律师,叫陈小婉,您可以叫她小歪,她更高兴。"丽娜跟小歪唱起了双簧。

"我做了 DNA 鉴定,就可以堵住别人的嘴吗?"黄鹤反问道。

"当然。黄总若不在乎万一结果是真的,孩子会分走你一半的财产,当然该去做,至少是给大家一个交代,也给您自己一个交代啊!"小歪说。

黄鹤很反感这种要挟似的谈话,特别像被两个小女子绑架了。但他又不能很直白地拒绝,只好使出了缓兵之计:"让我考虑考虑吧!"

送走了丽娜和小歪,黄鹤把自己关在办公室里,他斜靠在沙发上,思绪回到了过去。

父亲曾经是黄鹤的天。父母的双双离去,他的天塌了大半。一般人都说男孩子成熟晚,的确是。黄鹤 27 岁了,却像个不愿长大的孩子,习惯在父母的羽翼下生活。他按部就班地学习、成长,从小学、初中、高中、大学到读研,直到回国,在上海外企工作,一路走来,一马平川。他满足于这种几乎一帆风顺的生活,这是他要的一种状态。这个世界有很多种人,大家都有自己的选择,这是每个人的命，黄鹤的选择就是做自己喜欢的工作，过普通人的日子。他不要什么奋斗，也不要什么出人头地，他满足于现状，只要自己向往的生活。他在上海工作好好的，生活无忧，收入也不错。他喜欢上海，这个国际大都市的氛围很适合他，可以让他像小鱼一样，淹没在大海里，自由自在地游来游去。可是，生活好像跟他开了个玩笑，偏偏给了他另一种生活。要命的是，这种生活还把他拉进了一个漩涡，颠覆了他父亲在他心目中的形象。他不怕别人来争遗产，因为他根本不屑于回来接管什么家族事业。而现在，他必须做他力不从心的事，说言不由衷的话。以前，他有什么难事，总是习惯于找父母，他们会帮他分析利弊，给他建议，支持他的选择。可是他现在问谁去啊？更闹心的是，父亲的形象正遭遇着前所未有的损害，而他，竟不能理直气壮地站出来为他辩护，非但如此，父亲的形象，或许会借自己的手而被毁了，这是他害怕的。当然，他可以选择不予理睬这种流言，时间长了，什么都会过去的。可是，这是一个男人的生活态度吗？这样做，会心安吗？他不选择出人头地，并不等于他放弃了作为一个男人的责任：堂堂正正地做人，力所能及地做事。他觉得，假如连这一点也做不到，又怎么能算个男人？

即便不为父亲，为自己，也应该去做一个鉴定，给大家一个交代。这是黄鹤最后下的决心。

三天后，黄鹤把丽娜和小歪找来，果断地说："那就做吧！"

"但是，你们必须保证不做跟踪报道，只有等报告出来后，给一个说法，可以吗？可以的话，我明天就安排做亲子鉴定。"

小歪查过相关资料，知道没有任何两个无关的DNA序列是完全相同。尽管儿孙辈的DNA已经不像父子间那样的完全匹配，但仍有一半来自父亲，一半来自母亲，所以X染色体与Y染色体仍然可以与父母所遗传的那部分染色体相匹配。这也意味着拥有血缘关系的父子或者兄弟、母女或者姐妹，都有可能在一定的位点上拥有相同的DNA序列。亲子鉴定正是通过这一原理进行的。由于它的复杂性与独立性，而且可以同时检测多个位点，所以可以得到非常高的准确性。

小歪完全有理由相信，只要孩子是黄宇的，一定能找到确凿的证据，所以她赶紧说："好啊，好啊！"

这回，轮到丽娜傻眼了。她精心准备好的跟踪报道泡汤了。白白忙乎了一场，她狠狠瞪了小歪一眼，站起身来跟黄鹤告别，一点风度都不讲。

实习生小歪这几天春风得意。自己的一个官司，不费吹灰之力就找到了问题所在。偶然碰到的一个新闻事件，明明已经碰到了死结，却因为自己的一个偶然想法，小小的计谋，也许会峰回路转，她不高兴都难。

但她还是高兴得太早了。

那天她刚回家，邻居赵阿姨就来了。她主动来转达法院对那份申诉书的处理意见：不可能改判！理由是，不管《刑法》第

151条还是第152条,对盗窃罪的判决都没错,只是刑期的长短问题。毕竟,肖远犯了罪,他所判的刑期,也在第151条所指的刑期之内。比如第151条对初犯的判决是"三年以上七年以下",而肖远的刑期是六年,在这个刑期的范围之内。虽然判决书上写的是第152条,但刑期没有实质性的差别,而且法院的改判程序太复杂,层层申请和批复,手续相当烦琐,所以轻易不会改判的。

小歪如被当头一棒,她没有想到会得到这样的一个结果。

"那么,如果认罪态度好,还是要判较高的刑期对不对?不是有'认罪态度好,可以判拘役或者管制'吗?判决书上明明写着肖远认罪态度好,怎么还是判了六年?"小歪忍不住叫了起来。

在旁边的外婆瞪了小歪一眼:"什么态度?有理不在声高,哪有这样对待长辈的!"

赵阿姨笑了笑,没跟小歪计较。她在法院二十多年了,见多了所谓的冤假错案,板上钉钉的案子还忙不过来,哪有工夫为一个实习生的较真而大动干戈?她说:"除非刑期如二十年或者无期徒刑、死刑这样的大案,若事实清楚,才会改判。你的案子太小了,这种案子也太多了,要是都要改判,法院还忙得过来吗?再说,肖远毕竟犯了罪,接受改造也是应该的。"

"可是,这个案子虽然是共同犯罪,但有主次之分,肖远作为从犯,他的刑期应该跟主犯拉开距离的,怎么能判那么重呢?何况肖远态度好,是可以适用'拘役或管制'的。"

小歪的脸,已经急得通红。

"小歪,你不是法官,不能这样乱讲的。"外婆再次阻止了。

"小歪,你还年轻,没有经历过什么叫冤情,律师的职责是最大限度地维护委托人的合法利益,你努力做了,便是了。不要把自己当成现代包公,把维护社会正义的这一职责强加到自己身上。你想想,肖远再怎么说,也是犯罪了,如果从正义的角度讲,你不是为坏人辩护么?"

赵阿姨的一番话,把小歪说得哑口无言。

"那法官把初犯当成惯窃来判就没错了?"小歪实在不甘心就这样算了。

这回轮到赵阿姨摇头了:"小歪,别天真了,判决书只是文字上的错误,你那么较真,可以给你一张纠正的判决书,只是在适用刑律上改一下,把第152条改成第151条,刑期还是一样,你又能如何?"

话说到这个份上,小歪还能说什么呢?她这才体会到所长那句话"小姑娘,别想太简单了,在案子没有翻过来以前,说什么都是理论上的,做好最坏的打算吧"的分量。

真的让赵阿姨说对了,这其实就是作业本上的错题,老师打了个叉,学生订正就可以了。

小歪不知道为什么一件案子会变成一道"数学题"。她曾经信心满满地认为可以把肖远从监狱里捞出去,现在看来多么可笑。一想到肖远母亲那双殷切的眼睛,小歪内心就很难过,这个案子难道就这样算了?小歪实在心有不甘。

这几天,是小歪进入远航律师事务所以来最沮丧的日子。她不知道还能做什么,也懒得去做,整天埋头在电脑上无所事事,心里空空的,长满了荒草。她25岁,也不小了,之前一路顺风顺水,从不知什么叫失败,这次好像是尝到了失败的滋味。但是又不能说失败,至少她所做的一切不是空穴来风,而是有理有据的。但是她的理论和依据。都被这个社会所谓的制度和风气打散了,碎了一地。她第一次对自己以后要走的路产生了怀疑。

小歪又想起了那个车祸案,如果做出的鉴定是匹配的,那孩子是黄宇的孩子,法院会改判吗?她现在都没有那样的自信了。不知道为什么,她特别想知道这个案子的最终结果。如果亲子鉴定后,孩子跟黄鹤的DNA是匹配的,那么法院还有什么理由不改判?她再次想到了那句"在最后的判决没有下来之前,所有的预期结果,都是理论上的"。

时间不知不觉地过去了二十多天。那天,丽娜给小歪打来电话,说接黄鹤的电话,他的DNA亲子鉴定结果出来了,他约丽娜、小歪喝茶,通知她们鉴定的结果,希望她们把这个案子做个了断。

喝茶地点选在两岸咖啡厅,就在市中心,在市河边,环境很美。丽娜和小歪到的时候,黄鹤已经在了,他看起来精神很好,一脸轻松。桌上赫然放着那张鉴定书,小歪惊讶地看到结果:不匹配!

小歪的第一个感觉是从头到脚的一阵发冷,感觉被那个女人愚弄了。

这个世界完了,追逐名利已经彻底没有了底线。这个女人不是疯了就是狂了,明明孩子不是黄宇的,居然还有脸来要遗产,甚至不懈打官司,还DNA鉴定,她还知道什么是廉耻吗?真把女人的脸都丢尽了。现在事实已经摆在这里了,看她还有什么说的?丽娜的话带着明显的愤愤不平。

哪知黄鹤显得非常大度,他说,鉴于孩子是无辜的,他愿意资助她十万元人民币,请她从此别来纠缠,好自为之。

丽娜很佩服黄鹤的气度,表示会跟电视台联合做一个报道,揭露这个事实,还死者黄宇一个公道,给听众一个交代。

可是黄鹤说,不需要了,因为那个女人不接受。她坚持孩子是黄宇的血肉,即便亲子鉴定做出来不是,她依然坚持。她说,不需要别人的同情,她会抚养自己的孩子,直到他长大成人。她相信,老天终究会开眼的。

"我相信人在做,天在看!"那个女人最终说。

话题说到这里,不免沉重。

小歪再次想到网络上的热议,说什么的都有,但基本导向,是倾向于黄宇该承担父亲的责任,即便是死后。

鉴定结果出乎意料,又在情理之中。父与子的关系不存在了,这样的结果,是最好的了断,可以一了百了。从另一方面讲,无论是什么结果,黄鹤的气度是值得赞赏的。他若不愿意做DNA,那个女人也不能把他怎么样,这个结果至少显示了人心还是向善的,法律也是公正的。

但是,突然,小歪又对此产生了怀疑,令她产生怀疑的,是那个女人决绝的态度。想当初她找来,就是为了继承遗产,为了给孩子讨个说法,说白了,是冲钱来的,即便做出的结果不是她想要的,她为什么要拒绝黄鹤的援助?换句话说,如果孩子真的是黄宇的,拿黄鹤的钱不是名正言顺的吗?虽然少了一点,但总比什么也没有强啊!

小歪联想到黄鹤从小是喝奶妈的奶长大的,会不会因为这个而影响DNA的鉴定?要不然,为什么那个女的要这样坚持?也不管黄鹤会不会不开心,小歪把自己的想法讲了出来。

黄鹤听了小歪的话非但没有生气,也觉得小歪的说法有道理。但是,他也不知道怎么办。可以想象,如果是这样的一个结果面对千万的网民,难保好事者不继续"人肉"。道理还是一样的,只要那个女人坚持不接受DNA不匹配的鉴定结果,那么这个事情将永远不可能彻底干净地解决。

"那怎么办啊?"丽娜不禁着急起来。

"总有办法解决的。"这回轮到黄鹤安慰她们了。

他说:"我明天再去问问做鉴定的医生,非亲生母乳喂养会不会影响鉴定结果?我相信,心底无私天地宽!"

"你有医生电话吗?有的话,现在就可以打一个问问啊!"小歪的急脾气又来了。

"有啊,鉴定书上就有电话的。"黄鹤说完,就拿起电话。

丽娜和小歪紧张地等待结果。

这个电话打得很长,黄鹤甚至把自己和弟弟共同喝奶妈的母乳都说了。医生的回答很明确：喝谁的奶都不会影响鉴定结果，因为 DNA 是与生俱来的，不可能因为喝谁的奶而改变。除非你跟你的弟弟调包了。要是你还不信，可以让你弟弟来做个鉴定，那么，结果将是千真万确的。

"除非你和你的弟弟调包了。"这句话，如重重的一击，大家都傻了。那也太天方夜谭了吧！两个孩子怎么会弄错？奶妈难道会糊涂到自己的孩子和别人的孩子也分不清吗？什么样的母亲会把自己的孩子交给别人去抚养，而把别人的孩子留下自己抚养呢？

"不可能的，绝不可能！"丽娜说。

黄鹤不知道想些什么，此刻呆若木鸡，什么话也说不出来。

"要不然真的让你弟弟来做个鉴定？你不是要寻求事情的解决吗？唯有这样，你才能说服你自己，对不对？"小歪明知这时说这话煞风景，可她的犟劲又来了，不依不饶，更不管黄鹤能不能接受。

"小歪，你有完没完啊？"连丽娜也看不下去了。

黄鹤充耳不闻，他突然变得心神不定，手里不停地拨弄着手机，心神不知飞到哪里去了。没多久，黄鹤借口不舒服，提前走了。

黄鹤从小到大泡在蜜罐里，不知道什么是愁滋味。他记得，小时候虽然不像现在这样富裕，但父母的爱几乎泛滥成灾。他的学生时代，几乎所有的家长都在拼孩子的学习成绩，而他的父母从不对他的成绩有任何要求。这得益于他的母亲柏丽,虽然是教师,但是她对现如今的应试教育有自己的看法。母亲认为,应试教育抹杀了孩子的天性,填埋式的教育方法培养了一大批学习机器,很多有天赋的孩子因为疲于应付繁重的学习任务,而没有时间去认认真真地学会独立思考,到头来,孩子苦于千军万马过独木桥的"高考",家长苦于孩子上什么学校的"拼志愿"。柏丽的观点显然与老师和多数家长相悖。在学校里,她是孤独的,因为她的学生总是考不过别班的学生,学校对教师的每次考核,她都是最后一名。直到有一天,她从报纸上看到了一位作家的一段话:"我在北大教写作,有两不教。其一:'大一'的学生不教。现在的孩子,读到名校,题海战术耗去了他们大半的时间,很显然,他们缺了阅读这一课,我希望他们在'大一'补上'阅读'这一课。其二:'大四'也不教,因为'大四'面临毕业,要寻找工作,写作不能当饭吃,也找不到好工作。"她才知道,现在的学生,面临的竞争是多么激烈,在分数至上的当下,没有好成绩,将来怎么找到好工作?说不定连混口饭都难。于是,她毅然跟校长请求,离开教师岗位,到学校图书馆当了一名管理员。

　　黄鹤有这样的母亲,他的学习是快乐而不是负担。他每天高高兴兴上学去,快快乐乐参加考试。至于成绩和分数,他从不担心,好和坏、高和低,都是他的成绩,父母从不会因为分数跟他较劲,有时候某门功课挂"红灯",母亲也只是说:"我知道你努力了,这就好!"这让黄鹤很惭愧,他情愿母亲骂他,他还轻松些。高中毕业，黄鹤顺利考上了大学，他分数不高，只能选择"二本"的学校。但是，黄鹤放弃了"二本"，选择了去澳大利亚求学。他不是觉得"二本"的大学有什么不好，他参加高考，也只是为了证明他不是害怕高考。作为学生，他经历了高考，他的学习之路是完整的，他就不遗憾了。他是觉得去国外学习，能体验不同的人生，这也是生命的一个过程。他在澳大利亚完成了从大学到研究生的学业，之后回国，在上海的一家外资企业工作。两年时间，从基层干到中层，已经是公司很受欢迎的一个高级白领。谁知天有不测风云，父母竟出了车祸，一下子把他从天上摔到了谷底。他回来处理父母的后事，接管父亲的企业，还没有从这一堆乱麻中反应过来，突然就冒出了个"弟弟"。

黄鹤有弟弟，叫秦勇，他们喝同一个人的奶长大，感情相当好。曾经有人开玩笑，这兄弟俩怎么那么像呢？特别是秦勇后来进了黄宇的企业工作，很多人都误以为是黄宇的儿子。每逢这个时候，黄宇或者柏丽都要解释一遍，于是，别人都羡慕他们，说："难怪啊，不是一家人，不进一家门呢！"

自那天小歪说了"要不然真的让你弟弟来做个鉴定"以后，黄鹤脑海里挥之不去的是奶妈桂枝。她对待自己的态度、看自己的眼神，总是有一种特别的内容，有几次黄鹤甚至觉得怪异，但又说不清是什么。他把这解释为爱，毕竟是用自己的奶喂大的，感觉自然不一样。

小歪的话就像一层窗户纸，就差捅破了。可是，这一捅，会捅出什么来，黄鹤实难想象。都怪那个搞事情的狮子座小歪，不管不顾，死缠乱打，硬生生地要查什么DNA。不知为什么，黄鹤吃准了小歪是个A型血的狮子座。这个讨厌的女人把他的生活都打乱了。如今，这个秘密最重要的当事人已经故去了。想到这里，父母的离去又被想起，黄鹤不禁悲从心来。父母往日对他的爱，桩桩件件涌上心头。他想到，小时候顽皮，把黄豆塞进了鼻孔，拿不出来，上医院都来不及了，母亲情急之下，硬是用嘴，生生地把黄豆吸了出来，当然，一起出来的，还有黄鹤的鼻涕。他想到，那时候父亲的企业刚起步，老是出差。母亲病了，又不能把他独自留在家里，只好带着他一起上医院，输液时还得抱着他，实在累了，母亲竟然抱着他睡着了，直到输液水都挂完了，血倒流进输液管才发现。等护士慌忙拔出针头时，鲜血溅了一地，当时就把黄鹤吓得大哭。母亲没顾上自己，反而拼命安慰他。他还想到了父亲，如今已经被妖魔化的黄宇，是怎样的一个慈父，因为家里没有空调，夏天，总是父亲摇着羽毛扇，给他清凉，直到他睡着。

要不要把这些告诉秦勇并请他来做个DNA鉴定，全在黄鹤的一个决定，而这样做的后果，黄鹤还没有想清楚。他不知道自己的心智是不是成熟到足够承担由此带来的一切后果。他甚至不清楚秦勇知道了这些会有怎么样的反应。当然，他也可以选择心安理得地接受目前的结果，把一切交给时间，交给未来。

黄鹤能这样做吗？

黄鹤明白，现在离真相，就差一层纸了。

当然，也许只是一层纸而已，放在那里，天不会塌下来。无论多大的事，岁月会让这一切慢慢平息，而后风平浪静。一切回到原来的样子。黄鹤还是黄鹤，关键是黄宇还是黄宇，还是那个令人尊敬的企业家，亲爱的爸爸。

如果捅破这层纸，也许就是一个惊天的秘密。那么，即将改变的，不仅是那个孩子的命运，秦勇的命运，当然还有黄鹤自己的命运以及他未来将要面对的人生。

黄鹤不在乎财富，他有能力自食其力，不需要坐享其成。当年他从国外回来，选择在上海工作，就是为了逃离父母的庇护，自己去闯出一番天地。他不能接受的是父亲的背叛，无法想象亲爱的父亲是个无情无义的负心汉，他表面上装着爱家庭、爱孩子，背后却勾搭年轻的女人。父亲伤害的岂止是母亲？连那个女人和孩子，不也是牺牲品吗？还有奶妈桂枝，她究竟是怎么样的一个母亲？她会把自己的孩子交给别人，而把别人的孩子留下吗？这需要怎样的勇气？这是一种什么样的母爱？对了，仅仅用母爱，可以解释这一切吗？难道母爱就可以这样自私吗？很多人说爱是自私的，是根植于人性深处的东西。而人性是克服不了，也回避不了的。

黄鹤还能相信爱情吗？还能相信亲情吗？原来他生活的这个世界，是多么表象，多么不靠谱啊，这哪是捅破一层纸啊，它整个的是一场政变，将要颠覆黄鹤的生活……

他真的不能再想下去了。

黄鹤头痛欲裂，夜不能寐。他推开父母的房间，拉开母亲床头的抽屉，翻出安眠药，取了四片，吞了下去。此刻，他很想躺在母亲的身边，挨着她的温柔，安睡。

他告诉自己，把一切交给明天吧，哪怕天掉下来也不管了。

实习生小歪这几天总是在电脑前发呆。她拿了支笔不断地敲打自己的牙齿。"叮叮叮"的声音很难听，她自己听着也难受，所以停下了。可是，不一会，又不自觉地敲打起自己的牙齿，直到牙齿发酸、发疼。

实习马上就要结束了，可小歪的论文还不知道怎么写。之前所有想好了要写的几个案例，都因为结局的出乎意料而被她自己毙掉了。

小歪总结自己这次胸有成竹的实习期，满以为很得意的几个动作，到头来，什么也不是。她不知道为什么会这样？这还是实习呢，要是以后真的干了律师这一行，天天面对这样的尴尬和无奈，她不知道自己还能不能坚持下去。有人说，今天干了明天还想干的，是事业；今天干了明天必须干的，是工作。那么，小歪到底是要事业还是要工作？这时，她的手机一闪一闪的，显示有电话进来。她拿起来一看，是丽娜的。

"祝贺你了，你这个小歪女。你胜利了，黄鹤走了，他放弃江城的一切，回上海了。你现在满意了吧？只是该怎么收场，你想好了没有？"

丽娜在电话那头的语气,有明显的失落。

"他走了?什么都不说就走了?"这实在太出乎小歪的意料了。

"是啊,他留了一张纸条,把一切都委托给了秦勇,回上海了。"

"黄鹤这样做是什么意思呢?真相呢?难道就这样算了?"

"你不会像网络上说的那样'二'吧?他什么都不说就走了,不就代表了一种态度?真相在这里还有意义吗?他把一切交还给了秦勇,不是最好的真相吗?"丽娜的思维好像第一次这么清晰。

而一直觉得自己反应灵敏的小歪,此刻却陷入了前所未有的糊涂。她觉得脑子像一团糨糊,已经辨不清东西南北。她怀疑耳朵听到的一切,就像当初怀疑这个车祸案一样。因为一个小小的念头,她把黄鹤家像一锅粥一样都搅翻了,到底是坏事还是好事,她自己也分不清了。想到黄鹤此刻的尴尬和失望,还有那个孩子的未来,所有的后续问题,小歪很后悔自己多事。

放下电话,小歪好一阵发愣,城里就那么好吗?可以让一个乡下女人抛弃自己的孩子。

小歪当然不知道,她没有出生在20世纪80年代初,不知道城乡差别之大,不知道脸朝黄土背朝天地在农田劳作意味着什么,更不知道辛辛苦苦一年下来,赚不到几个钱的感受。她只是觉得母爱是伟大的、无私的。而桂枝,那个母亲,她爱自己的孩子,把他送到自以为更有前途的城里,说好听点是母爱,说难听点,是一个农妇的自私与狡猾,真是用心良苦,想到这些,小歪犹豫了。

"的确很伟大的,天下之大,有几个母亲会这样做呢?"外婆冷冷地说。

"不过话又说回来,那个时候,城里户口确实挺诱人的,很多农村里的人不惜花重金买一张城市户口。"

"有这样的事?"小歪仿佛听到的是天书。

"当然,这是当年为了加快城市化进程而出台的一个新政策,所以,收费的项目就是城市建设增容费。不信你可以去问问雨爱,据我所知,她的户口也是买的。"

小歪只知道雨爱是知青的孩子,她爸爸当年下乡,娶了支部书记的女儿,后来上调,她妈妈也跟到了城里。

"如果我的记忆没错,农村里成年人购买户口的价钱是人民币三万元,夫妻双方一方农村一方城里的,购买户口的价格是人民币一万五千元。而父母一方城里一方乡下的子女购买户口,七千五百元就够了,是买成人户口的一半。"

"难道这是母亲把孩子调包的理由吗?就为了三万块钱?"小歪还是不太相信。

"从一个农村母亲的角度讲,这种可能性是存在的,更何况还有城里舒适的生活和良好的教学环境。"外婆说。

"太可怕了,这难道就是伟大的母爱?"

"爱的本身没有错,错的是爱的方式,当爱建立在阴谋中、建立在侵害别人的权益上，这不是爱，是自私自利的占有！"外婆很肯定地说。

"的确，母爱是天性，是一代人对一代人的偿还。就像我爱你的母亲，你的母亲爱你，一代又一代，天经地义。所以，母爱是天生的，一点不稀奇，谁都爱自己的孩子，但这种爱不是伤害别人的理由。爱别人的孩子才算无私的爱、伟大的爱呢！"

这是外婆听说了这件事以后说的最富有哲理的话。

小歪在课堂上学到的东西，到了现实生活中，被彻底颠覆了。她曾经相信，律师就该有一种对职业的忠诚精神。律师和委托人的关系一旦建立，律师就该尽一切所能去帮助委托人排忧解难，从这个意义上说，律师对委托人就要有一种忠诚，这种忠诚不应因自我的道德而放弃。所以，她才会不顾丽娜反对，为那个女人说话，但这仅仅是自己的观点，并没有形成委托关系。

可是，在这件事情上，小歪的角色有点混乱，那个女人聘请她了吗？没有！黄鹤委托她了吗？没有。凭什么她横插进去，把人家的生活搞了个天翻地覆！

而且，事情的走向好像已经不为某个人的意志所转移。一只无形的手始终在背后推着，一步一步，推着事件在转悠，等停下来，所有的一切都改变了。

律师到底是干什么的？小歪再次问自己，按教科书上的说法，律师的职责就是依法全力维护当事人的合法权益。可是，当你维护了一方的权利，却不经意损害了另一方的时候，你要怎么来平衡这个落差？小歪有限的社会阅历不能回答这个问题。她唯有对自己的所作所为产生了怀疑，对自己所选择的职业产生了怀疑，进而对自己将来所要投身的行业产生了怀疑。

生活啊生活，你到底是咋回事呢！

小歪突然想起了一首歌："生活，是一团麻，那也是麻绳结成的花……"想想眼下的情景，不正是如此吗？

真的，把"生活"两个字换成律师，不正是小歪当下的写照吗？她满心欢喜地到事务所学习当律师，很职业地把有戏的案子办成没戏，把没戏的案子办成了有戏，进而把别人的生活搞得无法收场，这也是能力吗？小歪突然觉得很好笑，不，是很可笑！

实习生小歪突然旁若无人地开口唱了起来："律师，是一团麻，那也是麻绳结成的花……"

现在轮到外婆发呆了。她不知道小歪受了什么刺激，好好的，怎么就这样了呢？

对小歪来讲，黄鹤走了，意味着事情暂时有个了结，但是，后遗症是显而易见的。那天外婆看她唱歌，就问她："你准备如何把麻绳结成花呢？"小歪傻了。

黄鹤的离开，她心里多少有点失落，但感情上却倾向了黄鹤许多，要不是当时她苦苦相逼，黄鹤也不至于这么快就离开了江市。她从黄鹤身上看到了表面的随和与骨子里的倔强，以及对自己的要求。小歪欣赏有道德洁癖的人。黄鹤敢作敢为，绝不随波逐流，即便有时候看起来有点高冷，但他意识到以后会做补救，实际上，他是个平和的人。小歪心里很内疚，一件跟她八竿子打不到一起的新闻事件，就因为自己的多事，闹出了这一系列的连锁反应，使原本痛苦着的黄鹤一次次经历炼狱。她觉得欠黄鹤一个道歉。想到这里，她怎么也睡不着了，她打开手机，找出黄鹤的名字，发了一条信息过去："对不起！"

等她看时间，才猛然发现已经晚上12点40分了，但是信息已经发出去了，如泼出去的水，收不回来了。不多久，小歪的手机"叮"的一声响了，小歪打开一看："你是道歉还是骚扰？"

原来黄鹤也没睡。

"对不起！"小歪还是那三个字。

"真服了你了，你还让不让人睡觉？"黄鹤的短信回得很快。

"你不接受道歉就不让你睡觉！"小歪的犟劲也上来了。

"我为什么要接受你的道歉？你错了吗？"

"我没错，但是我要道歉！"

"你是何方神圣，没错还向人道歉？我呸！"

"现在轮到你向我道歉了，不准对女士说粗话。"小歪不依不饶。

"你深更半夜骚扰人家，还不准人家发火，凭什么？"

"就凭着我的诚心诚意。虽然我事情没做错，但是，因为我的多管闲事，给你增添了很多烦恼，我觉得内疚，所以要道歉！没想到你是这么粗俗的一个人。"

"我粗俗了吗？咱俩换个位置，你睡得好好的，突然来了一个'对不起'，让你丈二和尚摸不着头脑，想半天也不知道是什么事，你还能平心静气地说我接受吗？你真想道歉，明天当面说，带上礼品，既然是赔礼道歉，就要名副其实。"

这个信息够长的，简直是一篇短文，小歪没想到简单的三个字，换来这么多的事情，如果不接这个招，就显得前面的话就是作秀，没办法，只好乖乖发信息："这有何难？明天我去上海当面道歉！"

"好啊，别忘了带礼物啊！拜拜！"黄鹤的回答很干脆。

"晚安！"小歪有点无可奈何。

江市到上海不远，走高速，90千米，有导航指引，小歪花了两个小时，很容易就找到了黄鹤就职的公司。

这很符合小歪的速度。然而，到了黄鹤公司楼下打电话，黄鹤却告知没在单位。

小歪的第一感觉是被放鸽子了。只埋怨自己活该，谁让你多管闲事，还自作多情的上门道歉，可笑。

这回轮到黄鹤道歉了："真对不起！没想到你真来了。睡梦中的一句气话，你还当真了，我晕！"

刚说了这句，又觉得不妥，赶紧纠正："是我头晕了，居然让你当你面来赔礼道歉，你何错之有？不说了，这回咱俩扯平了，好不好？你不欠我，我也不欠你。请你等我半小时，我立马回来，就让我尽个地主之谊，请你吃晚饭。"

小歪看了看手机上的时间，下午四点，半个小时后黄鹤就到了，简单吃个晚饭，回家也还来得及，就同意了。

五点钟准时，黄鹤和小歪已经坐在餐厅里了。这餐厅名为"纯私房菜馆"，是克隆了"春私房菜"来的，菜也是上海特色的，只是名气没有春店大，去得早，不预订也能吃到。

主打菜是酱爆虾、年糕蟹，另外要了鸡毛菜和西红柿蛋汤，黄鹤还想叫，小歪坚决不让。她的原则是，虽然不差钱，但绝不浪费。

"喝什么酒呢？"黄鹤问。

"我开车，喝酒的事归你了。"小歪说。

于是，黄鹤就叫了一瓶白葡萄酒。

灯光下，黄鹤年轻帅气，没有了在江市当老总的深沉。他看起来更像个文学青年或者更学术气。同一个人，换个环境，为什么就那么不一样呢？

"说吧，你想道什么歉？"

"不是扯平了么？怎么说话不算话了呢？"

小歪的不依不饶劲又上来了。

"我向你道歉，不该让你来上海做所谓的道歉！"黄鹤老老实实地说。

"你这不是道歉，是重复我的话，男子汉一言九鼎，你说让我来当面道歉,我当然来啊!所以,你这是没错道歉。"

"看来我们犯了同一个错误。"

"是啊,所以扯平了。"小歪整个人放松下来,轻轻地靠上了椅背。

"既然不道歉,那我们还有什么话好说的?"

小歪想想也对,明明是来道歉的,现在扯平了,不用道歉,还能说什么呢?

"那我们就说说废话吧。"

小歪接着说:"说说你吧,你究竟是何方神圣?"

黄鹤拿起酒杯,也不说话,一饮而尽。

小歪拿起茶杯,也喝了一口。一时间,大家都无语。

喝过了酒以后的黄鹤眼睛有点红,他不说话,给自己倒酒,再喝,完了,再给自己倒酒,再喝,一瓶酒,就这样见底了。

"小歪,你让我想起了他。你们俩特别像。"黄鹤的话有点莫名其妙。

"是你的女朋友吗?"小歪说。

"不是不是,"黄鹤有点醉态地挥挥手。

"他是我在澳大利亚求学时最好的同学,他是男的,男的。"黄鹤一再强调。

"如果你不觉得无聊,我就跟你讲讲我跟他的故事。"

小歪心中一惊,他不会是 G 吧?

"不对,是我跟他一起经历的一场生死。"大概黄鹤也感到用词不当，赶紧加了一句。

于是，小歪如看电影般地跟着黄鹤的叙述，去了一趟雪山。

去澳大利亚学习的第二年暑假，我跟他策划了一次纯爷们的旅行，去尼泊尔徒步，攀登珠峰。当然，我们是业余的，不可能登顶，我们只是想用两天的时间，尽最大的可能，登到我们极限所能达到的高度。之前，我们讨论了登山的每一个细节：装备、给养、急求药物等等，甚至设计了第一天登上3号营地，然后在山上搭帐篷过夜，体验万籁寂静中，两个男人油灯下喝咖啡的感觉，一定奇妙无比。当然，我们还祈祷自己的好运，看天边日出，感受太阳投射到我们身上的万道金光，我们将是这个世界最幸福的人。

登山的过程并没有想象中的那么浪漫，我们除了听到自己越来越急促的呼吸声，连说话都很少。

的确，路途因为有前任无数次的攀登，我们爬得很顺利，虽然累得像条狗，内心却是充满了激情。晚上，在寒风呼啸中，我们在帐篷里用燃气罐煮咖啡，说真的，没有想到高海拔让两杯咖啡整整煮了一个半小时。喝着这杯珍贵的咖啡，寒冷和累都被抛到了九霄云外。世界一下子干净了，所有尘世间的喧嚣都被屏蔽了，只剩下两个好朋友。你看我一眼，我看你一眼，笑笑，然后碰杯，真好。原以为会有说不完的话，却不料在那个环境下，最不需要的，就是语言，一切尽在不言中。

第二天一早，没有日出，天阴沉沉的，我们收拾好装备，准备再爬一段山路，然后下午下山。

也许是上山太顺利了，下山的时候，我们想看看更多的风景。于是，没有走常规路径，而是选择了看似坡度比较平缓，偏西的方向下山。虽然我们知道上山容易下山难，但感觉总不会如上山一样累吧，更何况，我们也想挑战自己的体力和能力，我们的速度也加快了。尤其是我，大意了，看着平缓下降的山道，甚至屁股坐下，采用滑翔的姿势下山。险情就在得意中发生了。突然，我脚下的雪一松，来不及翻身，我滑进了一个峡谷，一下子跌进了一个夹缝。他在上面很着急，也顺势滑下来拉我，却不料大雪覆盖的山下有一个巨大的缝隙，他掉进了深不见底的山坳。我拼命喊他，听不见半点回音，我拼命拉扯连接着我跟他之间的绳子，绳子被卡住了，怎么也拉不动。那时候天快黑了，又降大雪，我想，再这样下去，我们两个就都冻死在山上。我惊慌失措，心里想着不能回家了，不能回家了。

时间一分一秒地过去，漫天大雪飞舞，快到天黑的时候，万般无奈，我决定割断绳子，下山求救。

等我连滚带爬跑回营地，天已经全黑了。这样恶劣的天气，显然无法连夜救人，我内心的煎熬可想而知，突然想起了"得意忘形"这个词，好像是专为我们准备的。古人的造字真的极富智慧，然而，这样的智慧必亲身经历了挫折才能发现。我们从小被教育不能得意忘形，可是，在实际生活中，我们依然漫不经心。我不信任何宗教，但是那一刻，我拼命在心里说，老天保佑，让他回来，让他回来!

或许老天听到了我的呼救,半夜,帐篷外晃动着一个影子,我以为是北极熊光临了,害怕极了,悄悄拉开拉链,我看到像熊一样的一个雪堆滚了进来,天哪!是他。

我不敢相信自己的眼睛,狠狠地掐了自己一把,才发现那是真的。

后来,他告诉我,摔下去的那一刻他晕过去了,等醒过来,夜幕快降临了。他拉拉绳子,已经断了。更绝望的是,他发现自己的腿摔断了,一动,就钻心地疼,他想,自己死定了,在这个鸟不拉屎的地方,何来生机?

他又想,就是死,也不能在这儿啊,只要还活着,就要抗争到最后一口气。于是,他开始拼命喊我的名字,可是,他听到的是寒风呼啸的声音,暴风雪张开大口,把他的呼喊吞噬了。

必须要爬出这个山坳,死在宽阔的地方,这样至少会有人发现他在哪里遇难,不至于活不见人死不见尸。想到这里,他趴在雪地上冷静了一会,突然发现前面有一点微弱的光线折射进来。

感谢苍天,它没有完全黑下来,给他留了一点余光。他心中一颤,知道有光的地方,一定能通到外面,于是,拼尽全力,顺着微弱的一点光线,慢慢爬出了山坳。

出山坳的那一刻,他简直要三呼万岁了。

感谢大雪,让天地变得洁白,也让那条道变得润滑,让他得以靠指南针的指引,找到了回大本营的路,捡回了一条命。

我紧紧地抱着他,心里有万般的愧疚。按理,那样的场合,两个人就是死,也应该死在一起的,怎么可以借口求援,剪断了连接两个人的绳子,那是生命线啊。深究起来,是不是有私心,想先跑回来,捡回自己一条命?而他却说,关键时刻感情要让位于理智,如果真的死守,说不定就英勇就义,牺牲了。正因为绳子断了,他才打消了等待依靠的念头,才孤注一掷地拼命自救。

经历了生死,才发现,纯粹的友谊,有时候比爱情更靠谱,也更美丽。

小歪不知道黄鹤为什么会说起他最好的朋友,似乎跟眼下喝酒的氛围格格不入。直到听了他最后的那段话,才一阵感动,黄鹤是把自己当成生死之交的那个他了。

"我当得起吗?"小歪有点吃惊。

"他跟你一样,是一个百折不挠的人,甚至跟你一样,一定要把是非分得一清二楚。"

说完这些,黄鹤的醉意更浓了,只是他的叙述一点不见醉态,故事很完整,条理很分明,小歪相信那是酒后吐真言。

"老板娘,再来一瓶白葡萄酒。"黄鹤的舌头明显大了。

小歪赶紧站起来说:"对不起,不要了,一会还赶路呢。"

"对了,你是小歪吧?你说,为什么一定要追着我们家不放呀?"说着这些的黄鹤,眼泪哗哗地流。

小歪惶恐,不知道说什么好。黄鹤显然已经醉了。他竟然这么不胜酒力,是小歪没有想到的,早知他没有酒量,小歪就不该让他喝。

"你喝醉了,我送你回去吧?"

小歪说完,叫来老板娘结账。谁知这会儿黄鹤迅速清醒,坚决不让小歪埋单。他从口袋里掏出钱夹,让老板娘从里面抽钱。看来老板娘跟他很熟,就从里面抽了三张一百元的,还找了他七十元。

出了酒店,黄鹤跟跟跄跄地到了小歪的车上,伸出手跟小歪要餐巾纸,好在小歪车里有,拉了一大卷给他。黄鹤拿在手里,用餐巾纸蒙住脸,开始号啕大哭。俗话说,男儿有泪不轻弹,只是未到伤心处。

这可把小歪吓坏了,她不知道怎么办。她也不懂得怎么安慰一个痛哭着的大男人,只好开着车在上海的街头兜圈。小歪很想把黄鹤送到他的住地,可黄鹤说不清地址,眼看汽车的燃油灯亮了,小歪开始着急,不知道如何收场,幸亏经过了一个加油站,赶紧开过去加油。

等小歪加好油,付了钱,一看,黄鹤不见了。她那个急啊,他会去哪里呢?情急之下,她拿起电话想拨黄鹤的手机,又想加油站不能打电话,只好坐等。好在没多久,他来了,说,刚才就在加油站。

"我得把肚子里的东西拿出去!"

这是黄鹤的原话,小歪心里一阵感动,醉成这般模样了,还想着不要吐脏了别人的车。这是一个什么样的人啊！

黄鹤往副驾驶座一坐，说："开！"人靠在座椅上，开始什么话也不说了。

小歪开了车，不知道去哪里。问："你住哪？把你送回去。"

黄鹤回答："不回去，今天就是不回去，随便去哪里，随便去哪里好了！"

小歪无奈，只好一边慢慢开车，一边想，给他找个宾馆吧，又想，找宾馆是可以，但她不放心把他一个人留在宾馆里。留下吧，孤男寡女，不方便。虽说有"心底无私天地宽"这句话，但是，小歪不放心的，不是别人，而是她自己。经过了短短几个小时的接触，一些细微的感觉，让她喜欢上这个男人了。别看小歪平时大大咧咧的，其实她心思缜密、感情细腻，善于从细节认识一个人，她真的怕自己一不小心爱上了这个男人，那才叫在劫难逃呢！

小歪知道，这个世界好男人很多，但是讨女人欢心的男人太少，黄鹤属于太少的一类男人。这样的男人，经历多、阅历广，正是很多女人喜欢的那一款，哪轮得到自己啊！

别别别，千万别爱上这样的男人，所以，宾馆是坚决不去的，而黄鹤住的地方，她又不认识，也没法送他回家。对于他在上海的一切，小歪一无所知，没办法，她只有盲目开车，一直开到一家房产公司销售部的门口，在空地上把车停下。她没有熄火，她实在太累了，开了一点点窗缝，锁上车门，自己靠在车里休息。

天不是太冷，车里有空调，不至于受凉。

怕惊醒了黄鹤,小歪把手机调了静音。她随即拿出随身带着的平板电脑,想看看邮件,哪知这个地方没有无线网络,邮件也看不成,小歪只有点出里面最简单的游戏斗地主,点击进入游戏。可是,她哪里有心思玩啊,满脑子就是这个睡在她汽车里的黄鹤。此刻,他像是睡着了,可是,嘴里不知在嘀咕什么,小歪唯一能够听清楚的是:"你是谁?这是为什么呀? 这是为什么呢?"

小歪也不禁问起了自己。他的表面那么风光,而他的心,苦啊!自从发生了家中一系列的变故,他承受的已经超出了他的极限,才会选择逃跑。至于逃跑能解决什么问题,他心里未必清楚。这原本是他心里的一个结,这个结不解开,他就无处可逃。小歪轻轻地摇下黄鹤的躺椅,让他睡得更舒服些,而她自己,也慢慢地睡去了。

小歪是被马路上保洁车的汽笛声惊醒的,睁开眼,正看到黄鹤研究似地看着她,小歪吓得差点惊叫起来,黄鹤马上把食指放在嘴唇上,"嘘"了一下。

小歪的第一个本能是看手机,一看,才发现很多未接电话和信息,简直把手机打爆。尤其是丽娜的信息最有意思:"宝贝,私奔了?为你欢呼啊!"

看到这里,小歪忍不住笑了起来。黄鹤以为是他的动作让她见笑了,害羞地转过头去。

"现在清醒了?"小歪问。

"我知道一个吃早点的地方。"黄鹤答非所问。

"你指路吧?我还真饿了。"

回江市的路上,小歪觉得非常滑稽,明明是去道歉的,却莫名其妙地陪个醉汉过了一晚上,还不能跟别人说。谁会信小歪面对一个高富帅,竟然会跟他窝在汽车里一晚上,并秋毫无犯。或许丽娜会骂她真是天下第一号的大傻瓜,为什么不趁他烂醉如泥的时候,施展温柔之功,让他感动得半死?

为什么?小歪也不知道。

至少她不是这样的人,正像黄鹤不是追名逐利的人一样。小歪想起外婆曾告诉她,看一个人的人品如何,千万别去关注他说了什么,而是看他做了什么。

黄鹤醉了,什么话都说了,又什么话都没说,就像当时他一走了之,都是一种态度,那是文章里的句号,态度是肯定的。这是小歪此行最大的收获。她从黄鹤的行动明白,她应该做些什么。

麻绳要结成花,要做的事情很多。小歪觉得为了那些人,她是值得去那么做的,包括为了肖远。

只是现在,这些还是秘密,那就把这些暂且放在心里,让它生根开花。

4 魔咒

叮零零……

床头的电话机响起了清晰的铃声,一只纤长的手臂拿起电话:"喂,还在书房啊……"

阿敏和水"煲电话粥"的时间几乎都在晚上十点以后,因为只有到那时,阿敏一天该忙的事都已忙完了。通常,阿敏会躺在床上看一会书,静静地在灯下享受书给她带来的宁静。如果没有水的电话,阿敏会一直在书中漫游,然后,在瞌睡来临的时候,猛然发现水的电话居然没来。不过,这种情况相当少,水的电话总是相当准时。那一声"叮零零……"会在静夜里响起,然后是很有磁性的男声:"你好,还在书房哪?"

一句话,电流般暖遍阿敏的全身,或许就在那一刻,阿敏不可抑制地爱上水的声音。其实,这是阿敏和水之间的私房话,指的就是阿敏喜欢在床上看书的习惯。水把阿敏在床上看书的习惯称作"在书房"。

这是阿敏心中永远的痛,就像蛇被打在了七寸,击中了要害。有时候阿敏也奇怪,那么多男人追她都不为所动,而水轻轻地一句"在书房"就让她着迷。这不符合常情呀。通常,在阿敏的世界里,她应该是一颗石子,在湖里泛起涟漪的该是水呀。

对于此事,女友安然对阿敏好有一比:"阿敏就像一条破船,太湖里不翻,却翻在了夜壶。"

阿敏认识水的时候,没想到会是在那样一个特殊的场合。

那是四年前一个北风呼啸的冬天。从江南来到京城采访的阿敏，经受着前所未有的干燥。尽管她很有经验地在她所住的房间里放上了一盆水，尽管同事买来了许多水果，可阿敏的嘴唇还是惊天动地地开裂了，渗出了紫色的血丝。北京的风，让阿敏初次领教了风吹过来如刀割般的疼痛。所以，那天去天安门广场给主持人出现场，阿敏是把自己全副武装起来的，除了两只眼睛，阿敏把自己包裹得严严实实。其实，阿敏可以不来的，毕竟，她不是主持人。但那个娇滴滴的女主持实在让阿敏放心不下，万一发生什么情况完不成采访任务，回去交不了差，那可是制片人阿敏的责任。

事实也正是这样。

当阿敏他们做好准备，摄像师就要开拍的时候，武警到了。他们客客气气地请他们去天安门管理处办手续。

这是阿敏采访生涯里从未有过的事。每次采访，谁都不是求爷爷告奶奶地接待着？哪有办手续一说？可人在京城，就是有再大的脾气，也容不得阿敏发作。无奈，阿敏只好让摄像师去办手续。

天安门广场在那个冬天异常的寒冷，一辆辆汽车流水般驶过，声音忽远忽近，似乎很不真实。阿敏和主持人在空阔的广场上使劲地跺着双脚，抵御寒冷的侵袭。时间在一分一秒地过去，阿敏突然觉得那个关于办手续的说法是多么不靠谱。她想，万一手续办不出来，采访任务完不成，那该怎么办？时间不等人，想到这里，阿敏突然浑身一阵发冷。情急之下，她果断地对主持人说："趁武警不在,我们先把外景出了吧。"

主持人不相信地问:"谁拍呀?"

"当然是我。"

"这儿除了我还有谁?"阿敏不高兴地加了一句。

于是,主持人又开始抹口红、搽胭脂,而阿敏则扛起了机器,并开始对焦。一会儿,阿敏就请主持人开始试镜头。主持人这样那样试了一次又一次,阿敏也拍了一次又一次。

终于可以正式开拍了,阿敏稳稳地扛起了摄像机。突然,主持人说:"等一下,让我擦一下鼻涕。"一听这话,阿敏突然爆发了前所未有的大笑。在家乡,即便是最冷的天气,也不至于冻得流鼻涕,想到主持人这么漂亮的脸,冻得鼻子不是鼻子、脸不是脸的也不好,就耐着性子等她。

整个出镜不到5分钟,结束以后,阿敏顺便把天安门广场的外景也拍了个够。等一切收拾妥当,阿敏按捺住忐忑的心跳,开始给摄像师打电话,装模作样地问:"手续办得怎么样?"

那边说,办不出来,管理处有明文规定,任何采访和拍摄须提前三天办手续,提交策划稿,甚至连主持人的口播都要审查。阿敏压制着心中的狂喜,用淡淡的语气说,那就回来吧。

不多时,摄像师回来了,后面还跟着两个武警。

阿敏看到两个武警,故意恨恨地对他们说:"完不成任务,回去下岗找你们算账!"

看着武警走开了,阿敏用家乡话神气地对摄像师说:"别急,一切都已搞定。"

谁知,当阿敏他们收拾装备准备动身回去时,过来了一个人。他开口就说:"别以为骗过了武警就可走人,你们说的话,我都听到了,你们做的事,我也看得清清楚楚。"

阿敏脑袋"轰"地一下,暗说"完了",心中的悔恨自是无法言说。都说天安门遍布的便衣警察,本来以为是说说的,看来还真有其事。

此刻,摄像师一脸的尴尬,主持人一张哭丧脸,阿敏更是从得意的顶峰跌到了谷底。

"哈哈……开个玩笑的,我的家乡人怎么没有了刚才的神气?刚才我还在那儿自豪呢,到底是江南人,到哪儿都有股子灵气,想不到这么不经风雨。"

他就是水,一个在北京当兵的家乡人。

他乡遇亲人,阿敏他们自然是欣喜万分。于是互相交换名片,互留地址,那个叫水的人就这样走进了阿敏的生活。

在后来的电话中,阿敏渐渐地了解了水的一些情况。

二十多年前,水作为村里第一个高中生被送到了部队,在南海当上了一名潜艇战士。自然,像水这样吃苦耐劳的农村兵在部队是很受欢迎的,一路过关斩将,直升到了副团一级的职务,这让他的家乡人颇为自豪。要知道村里除了在清朝末年出过一个状元外,至今还没有人的职位能升到像水一样高的级别。确实,水不负众望，不仅让妻子、儿子随了军，还让文化程度不高的妻子有了一个固定的工作，在部队小卖部当上了售货员。在村里人的眼里，那可是了不得的工作。风吹不着，雨淋不到，多好呀。可偏偏水的妻子到了部队后这也不舒服，那也不自在，不久就生了一场大病，一查，是肝癌晚期。钱是花了不少，命还是保不住，五个月后，水的妻子带着无限的眷恋离去了，只给水留下一个5岁的儿子和一句"好好过日子"的话。

那段岁月是水生命中最黑暗的日子。妻子临终前让病痛折磨痛苦的表情，水历历在目。那种无法替代的疼，几乎让水疯掉。他不断地质问自己："为什么生病的不是我？"

那几夜，水的头发一把把地往下掉。到后来，水不戴帽子都无法出门了。水的母亲看到儿子失魂落魄的样子，都不忍见他的惨状，把孙子接了回老家去住了。

身边没有了妻子和儿子，水一时间觉得心里空空荡荡的，不知道还能干什么。幸亏电脑帮了水的忙。那段时间，水的工作就是和电脑打交道，他没日没夜地泡在电脑里，并通过电脑飞快地学会了英语。到后来，水甚至能在网上和一个香港的网友用英语聊得热火朝天。

其实，水一直就是这样的。他无论做什么，都能在事前未雨绸缪，不打无准备之仗。电脑让水的英语水平短时间达到了八级。这或许就是水能在部队这所大学里脱颖而出的原因。

1997年香港回归，水以夯实的英语基础和一贯以来在部队的突出表现,被选送到驻香港特别行政区的队伍中,成了那支精悍部队的一名指挥官。阿敏碰到水的时候,水刚好在北京集训,准备到香港赴任。

香港的日子紧张又惊险,刚刚脱离了英国殖民统治的香港公民,对社会主义制度下的军人充满着好奇,他们想知道社会主义制度下的兵是否也如传说中的那样。狗仔队最多的时候可以组成一个加强排,时刻准备着发现一些不同凡响的新闻来调动港人的胃口。于是,诸如给兵哥哥送开水,弄来模特在兵哥哥面前表演,然后狗仔队在暗中准备随时开拍等,都是事后才从媒体得知。最有意思的一次,站岗的士兵早已热得汗流浃背,就有好事的港人弄来漂亮的模特给兵哥哥擦汗水,那兵哥哥就像一跟木头,竟能做到纹丝不动,后来一张头版的照片登出来,上面的文字是"中国军人的风采"。

水在跟阿敏聊着这些的时候,用的是一种很夸张的字体,于是阿敏知道水又一次在投入中找到了心灵的寄托。

让阿敏对水刮目相看的是他对工作的热情和担当。

那是水结束了两年驻港任务后,回到部队,在政治部宣传处负责办一份简报。某次,负责简报的干事从网络下载了一张图片发在简报上,并没有署名图片来自哪里。这原本是一件很寻常的事,如今从网上复制一点东西太正常了。哪知这份简报在一年后被一个老人意外看到,她发现那张照片是自己拍的,而且当年为了拍好这张照片还动了不少脑筋,甚至不惜买了爆竹燃放,以惊起一片白鹭。老人觉得很委屈,你们用了我千辛万苦拍摄的照片,既不署我的名,又不付稿费,太过分了,必须给一个说法。于是,老人一纸信连同她当年拍摄照片的证据将简报的责任人告到了部队领导那里。

这件事原本没什么大不了,更何况事情已经过去了一年多,所以接到信件的干事也没在意,把信件压下了,还把这件事当一个笑话抖露了出来。水知道后非常生气,严厉地批评了那个干事,责令他写份报告,给老人补发稿费并亲自带人上门道歉。

这件事让阿敏想到,水这样的人,连这么小的细节都不放过,可见他工作的尽责和对人的善良。

事情虽小,意义却很重大。

自此,水像一粒种子,种在了阿敏的心里。

大概是在阿敏拍《话题》的某一天,所有的机器设备都已到位,转播车也准备好了,嘉宾都已化好了妆,主持人更是万事俱备,只欠东风。一场百年未见的暴雨让这一切成为泡影。阿敏的节目差点开天窗。对于向来多虑的阿敏来说,感觉像是一个不祥的预兆,她把这一切怪罪于自己,谁让自己认识了一个叫水的?阿敏深信是水冲掉了她的节目。她预感到水对于她,将是一场灾难,就像她对于水,是一颗灾星。

那几天,阿敏像中了邪似地躲着水,电话不接,来信不回(当然是电子邮件啦）。可水的执着在那几天却得到了超常发挥。就在阿敏不理水的第四天深夜，阿敏的家里来了一位不速之客——一脸疲惫的水。

阿敏没想到水会这么瘦，又那么高。那个行李箱放在水的手里有点像玩具，很滑稽。唯一能让阿敏认出水的地方是他的鼻子，高且挺拔。那天晚上阿敏正在看一本名叫《狼孩》的书，满脑子都是狼绿色的眼睛。门一开，看到水青色的、黝黝的眼睛，一时间竟不知道水是何许人也，还是水的一句："怎么，没在书房？"让阿敏又回到了现实。

阿敏傻傻地看着水进屋，放下行李，才醒过来似地给水倒了一杯凉开水。

水用双手紧紧捧着阿敏的手，将杯子里的水一饮而尽，然后才定定地看着阿敏说："阿敏，我的女孩，我终于抓住你了。"

阿敏的泪水一下子盈满了眼眶。她低下头，从水的手中抽出双手，掉过头，去浴室里打开了水龙头，然后合着水声拼命地流泪。

她恨恨地想，都已经30多岁的人了，怎么还会如此任性？硬是将一个挺拔的男子汉折磨成一个瘦瘦的螳螂。仔细想想，竟是什么原因也没有，难道老天下暴雨也要水来负责？就因为他的名字叫水？简直不可理喻。

那天晚上，水在阿敏的房间一直坐到了天亮，说不完的话题，让这对成熟的男女，即便待在一个屋檐下，也没觉得尴尬。在这之前，阿敏对水的了解，除了天安门广场的一次会面，就是通过电话和网络。从严格意义上说，阿敏和水还只能算是熟悉的"陌生人"。

快天亮了，阿敏困了，她让水也上床歇一会，可水拒绝了。

而水则轻轻地在阿敏的耳边说："睡吧，我会看着你睡着了才离开的。"

那一次，水在阿敏所在的城市待了三天。

三天的时间里，阿敏和水去看了闻名全国的藏书楼，又去唱了卡拉OK，还在江边的白沙公园玩沙子。两个并不年轻的男女赤着脚在沙子上狂奔，引得公园旁的路人一个个停下行注目礼，两人竟开心得旁若无人，还把手里的鞋一次次地抛到空中，又一次次地接住。他们"得意到一下子都找不到北了"。

水终于要走了。他要去乡下看看母亲和儿子。

临走时，水对阿敏说："等着我，最多半年，我就可以回来了，到时我们就去领结婚证。"

"我爱上你了吗？"阿敏调皮地做了个鬼脸。

水不接阿敏的话，自顾自地说："也许我无法保证你很幸福，但我可以保证决不让你吃苦。"

"这算是求婚吗？"阿敏说，"那我可得好好想一想。"

水不在的日子，阿敏做什么事都漫不经心。有时候拿起电话，拨号以后就不知道找谁了。又有一些时候，阿敏会不停地往自己的嘴里塞瓜子,这种不断往自己嘴里塞瓜子的动作让阿敏的心越来越焦虑不堪,仿佛有个声音在对她说:"你是个命太硬的女人,你一旦爱上谁,谁就会大难临头的。"

阿敏不可抑制地想起了小时候,妈妈带她去算命,阿敏听到算命先生对妈妈说:"你的女儿要是个男孩就是一条贵人的命,她的天资会指引她走向飞黄腾达。可惜呀可惜!"后来的话阿敏就听不太懂了,隐隐约约说什么不要让她和父亲单独在一起,等等。

长大后,阿敏高中的同学从香港回来,神秘兮兮地带阿敏去看算命先生。算命先生说,阿敏聪明绝顶,但阿敏的父亲已经没了。阿敏瞬间惊呆:"这两者有关系吗?"

阿敏很疑惑。算命先生肯定地说,父亲是让阿敏"克"死的。这种惊人的巧合说得阿敏心惊肉跳。

算命先生还说:"幸亏阿敏的父亲做人好,才让他多活了五年。"

从那时候起,阿敏的内心起了很大的变化。她感觉自己就是个不祥之物,她连最爱的父亲也会"克",她还有什么不能做的?这种想法像魔咒一样地诅咒着她。所以,一直以来,阿敏本能地回避生活中的男性,选择独身。

十多年了,尽管这样的想法在别人看来匪夷所思,但事实上,阿敏就是回避着男性。这些年,追求阿敏的男人不少,但阿敏始终将自己的心闭得死死的。这也许是阿敏至今未能结婚的原因吧。

想到这些,阿敏的心"怦怦"地跳个不停。她想到了水,想到了他曾经失去挚爱亲人的痛,她还忍心再伤害他?

让那个关于不祥的魔咒见鬼去吧!

阿敏想起,导致她十多年见异不思情的真正原因,是没有让她心动的人。而水,却以水一样的柔情,让阿敏的内心掀起了波澜。她再也坐不住了,匆匆整理随身的衣物,就往水的家里赶。她要把算命先生的话告诉水,告诉他,她是这样的一个"不祥"的女人,他还敢娶她吗?

等阿敏气喘吁吁地赶到水家的村口时,正逢水的家人送水回部队。

在水的身边,阿敏看到一个漂亮的姑娘正起劲地帮水摘除外衣上的毛刺,那慌里慌张的动作无法掩饰她的兴奋。水在姑娘拿开手的空隙里,看到了阿敏,竟然傻了似的。他的眼睛里满是话语,可他竟然看着阿敏从他的眼前飘然而过。

一刹那,阿敏的感觉首先是无地自容的羞愧。是呀,在这里,唯有自己是个局外人,竟然会傻到突然闯到一个陌生的男人家。这样的自作多情要是让别人知道了,还不笑掉大牙。

阿敏已经不记得那天是怎么回去的。只记得跨进家门的第一件事,就是拿起正"叮零零"响的电话狠狠地摔,仿佛唯有这样,疼痛的心才不会碎了一地。

但卫生间的电话依然在,还在不停地响,可是阿敏什么也听不见,她躺在床上不断地流泪,一个劲地后悔,为什么到了这个年纪,还会这样傻乎乎地投入自己的感情?不是不能嫁人的吗?不是会害人的吗?不是已经决定不嫁人了吗?

"早知今日,何必当初?"

不知道什么时候,阿敏家的门铃惊天动地地响了起来,接着是浴室的电话铃声,再接着,阿敏听到门外同事小强打电话的声音,大概是在找物业公司来撬门。

邻居的门也在一扇扇地打开,为了避免事态扩大,阿敏把门打开了。

随着,小强侧着胖胖的身子挤进门来,邻居的家门也一扇扇地关了。

小强是那种你不喜欢也不讨厌的人,一直半死不活地追着阿敏。阿敏也曾动心想嫁给他,后来想,既然也不是很喜欢他,万一嫁给他又连累他,岂不是害人?关于"克"夫的想法又来捣蛋了。于是,阿敏想方设法地冷淡小强。可是那天,小强的到来,让阿敏突然感到她需要一根救命稻草。是呀,你不爱我,就没人爱我了吗?仿佛是为了证明给人看,阿敏那天晚上主动邀请小强。

阿敏感觉自己的心已经彻底死了。那么,活着的躯体也只是个皮囊。既然这样,爱上谁都一样。

那一次,阿敏在家里躺了三天。

那三天,是小强在照顾阿敏。小强一边给阿敏煮粥,一边不停地唠叨:"以后不要这样清高,谁都离不开谁的,特别是像我这样的人。"

小强的唠叨阿敏忍了一次又一次，到后来实在忍不住了，阿敏就用被子蒙住脑袋，使劲地跺着双脚。

第三天，阿敏终于忍无可忍地说："如果你不想我们成为冤家，你就从这个家里消失，永远忘记以前的一切。"

小强很陌生地看着阿敏。当他的目光和阿敏的目光相遇，他知道这几天他所有的努力都是在自欺欺人。这回小强明白了他和阿敏之间彻底地完了。

日子一天天地过去，阿敏整个人就像没有灵魂的躯壳，真正的"行尸走肉"。她上班下班，吃饭看书，拒绝一切朋友的邀请，拒绝电话。

当水的信躺在她的办公桌上超过三寸时，阿敏像突然醒悟了似的，恨恨地把信撕了。

"是呀，有什么可怕的？不是说哀莫大于心死吗？既然心如死灰，又何必躲躲闪闪？"这样一想，阿敏捡起了撕掉的信。

"百思不得其解""请给我说话的机会""请给我回信"，等等。言之深，情之切，不由你不感动。

水在信中还说，那个姑娘是他儿子幼儿园的老师。因为儿子，他们通过几次信，谁知前段时间突然来了封信说爱上了他。尽管他一再告诉她，他们不合适，而且水也不可能爱她，可那个姑娘偏不听，还在水的儿子和水的母亲面前当起了事实上的媳妇和母亲。

这件事,水一直想告诉阿敏,可他还没来得及说,就接到部队的一纸命令归队了。

阿敏看到水的信后冷冷地想,水不愧是个天才的表演家。为了儿子,他可以在那么多人面前对她视而不见,反过来还想在我的面前做好人,真是痴心妄想。

阿敏还想,水这样做,是不是太贪心、太狡猾了?既然你还想做好人,我何不成全你?于是阿敏毫不犹豫地挥笔给水回了一封信。

水:

你好!

再不给你回信就显得我很没风度了。可是,给你回信我又能说些什么呢?像个小女孩一样地骂你?对不起,早过了那个年岁。像个女人一样地哭泣?很遗憾,我已经没有了眼泪。要不然像个小夫人一样地撒撒娇?哦,还是不要了吧,那会让我汗颜的。还是让我来当回老师吧,这可是我一直都喜欢的职业。

作家梁晓声曾写过《狡猾是一种冒险》。我理解,每个人都具有两面性,无论聪明还是平庸。有时候过分的聪明能够带来一定的利益,但付出的代价相对也高,比如诚实的代价。平庸确实不讨人喜欢,但平庸的极致也许就是聪明了,因为中国几千年的传统决定了中国平民百姓的生活就是平庸的,但平民百姓在平庸中的乐趣却是一点也不容忽视的。这就是中国的国情,我们都无法抗拒。所以我一直选择做个平庸的人,并痛恨着自以为是的聪明人。

很不幸,你变成了我所痛恨的聪明人,所以我选择离开你,离开我所不喜欢的人。如果我由此而伤害了你,那是我的性格使然,绝非我的本意,所以请你原谅。最后,再奉劝你一句:狡猾是一种冒险!

此致

　　　　　　　　　　　　阿敏于 2001 年 4 月 8 日

其实阿敏的心里还是很虚的,她在写好信后甚至不敢再看一遍,而是匆匆地将信塞进信封就寄出了,她怕万一心一软,改变了主意,又掉进感情的漩涡。

阿敏是再也输不起了。

五月的一天,阿敏收到水的一封短信。信中说,看了阿敏的信,他怎么也想不明白,不知道哪里出了问题。不过,还是要感谢阿敏,要不是那封信,还真不知道关于狡猾和冒险,还有这么精彩的一个故事。有些事一时无法说清,希望阿敏给点时间,或者给个机会,好让他有口能辩。信中还说,八月以后他会有一次休假,到时两个人会有时间好好交流,他相信只要有沟通,问题就会迎刃而解。

在看信的那一刻,阿敏的心咯噔一下,一阵悔意涌上心头,于是赶紧往下压,阿敏还是怕。

"一朝被蛇咬,十年怕井绳"是什么滋味,阿敏算是体验了。

转眼快到八月了,阿敏在忙忙碌碌中渐渐地把水要来这件事忘了。是的,有了第一次的教训,阿敏已经学会了不再指望任何不确定的事。可是每当晚上躺在床上看书,铃声一响,没有那句"在书房哪?"阿敏还是顿感失落。潜意识里,阿敏还是盼着水的电话,盼着水说的关于沟通的那一天。

咳,女人啊。

八月初的某一天,又一个雨天,是那种阿敏不喜欢的毛毛细雨。阿敏吃过午饭,利用短暂的午间休息,关起门,拉上窗帘,试图把阴沉沉的感觉关在门外。她静静地躺在办公室的沙发上看书。突然,电话铃响了起来,冷不丁地让阿敏一个激灵。电话那头是个陌生的声音:"喂,你是阿敏吗?楼下有个姑娘找你,不知为什么,她一说你的名字就哭,你还是下楼来看看吧!"

阿敏以为又是采访中的一个什么人物,三步并作两步下楼去。传达室里站着那个年轻的幼儿园老师。

在办公室,阿敏让女孩洗了脸,然后就静静地等着。以阿敏的经验,女孩在平静下来以前,所有的劝解都是徒劳。果然,不多时,女孩就主动开口了:"敏姐,我早就认识你,是水哥让我这么称呼你的。"

阿敏的脑袋又一次"轰"的一声响了起来,眼前闪过了她为水扯衣服的那一幕。阿敏淡淡地说:"我有资格当你的敏姐吗?"

幸亏女孩的注意力不在这里,她还是沉静在自己的叙述里:"我是水哥儿子的班主任,因为他儿子学习上的事跟水哥联系比较多,你知道那孩子没有母亲,奶奶又不识字,很多时候我只能跟水哥联系,这样一来二往就熟悉起来了。"

原来这样,一个小老师。

家长和老师谈恋爱,这可不是件新鲜事。

小老师喝了一口水,接着说:

"在与水哥的通信中,我慢慢地发现水哥是个有情有义的男子汉,特别是他对妻子的那份感情让我深深地着迷。"

"你懂的,现在的男人,特别是有地位的男人,谁老婆去世了不赶紧找个年轻漂亮的女孩,以弥补年轻时未曾享受到的那份潇洒?你看,就是我们市里的几个局级干部,乃至市级领导,丧偶以后不都屁颠颠地找个未婚的年轻女孩,名曰'第二春'"。

"水哥却不是这样的人,他为了儿子,一次又一次地拒绝年轻漂亮的女孩,一厢情愿地要为儿子找个好母亲,错过了一次又一次的机会。"

"每次我到水哥家家访,水哥的母亲就跟我说起这件事。而我在这样的环境中,竟不知不觉地爱上了水哥,并萌生给水哥写信求爱的想法。可是我的信给水哥带去的是无尽的烦恼。他不忍伤我的心,又无法对我解释,因为那时他还不确定你是不是喜欢他。"

"那次探家,他把你们之间的故事都告诉了我。他说他一直爱着你,可是在那之前他不敢向你表白。他认为他还配不上你。但是,这次回来,他已经勇敢地向你表白了,他再也不想浪费时间了。他说他已经白白浪费了四年的光阴。他还说,从天安门广场见你的那天起,他就再也无法把你从他的心中抹去了。"

听到这些,阿敏心中一阵刺痛。

"我很失落,但也很欣慰,因为我所敬重的水哥终于有了感情的归宿。"

"这是我的真实想法。可我心里又有点不甘心,我年轻漂亮,又不失才华,又怎么能输给一个30多岁的女人?我要跟你竞争呢!"

"也真是不巧,水哥在为母亲配了一些中药后正准备去看你,部队的一纸急令下来让水哥速速归队。水哥来不及与你告别就走了。"

"那天,在送别的路上正好碰到你,我一看水哥的表情,就本能地知道你是水哥爱着的那个女人,于是故意做出一些亲昵的动作,我知道水哥是不会当面让我难堪的。后来我从水哥的来信中,知道你果真是中计了。"

"后来水哥给我寄了他写给你的信,我知道他的用意,可我实在不甘心,也一直在找理由不给你送去。"

阿敏的心再一次疼痛。

"前天,我去水哥家家访,正碰到水哥部队的领导,才知道水哥在训练中为救当地的一个老乡牺牲了。"

阿敏傻傻地站在那里,竟不知身在何处。

后来那个小老师说了什么,阿敏一句都没听进去,她满脑子是"牺牲了,牺牲了,还是不能幸免"这样的字眼。

窗外,天边是一片燃烧的彩虹,小老师早已走了。阿敏呆呆地看着后窗艳丽的黄昏。恬静的江南水乡,一片灿烂的晚霞,有星星点点的白鹭在平静的湖面飞过,仿佛专门为了点缀这美丽而来的。阿敏惊奇于这个世界竟会对一个生命的失去如此冷漠和无动于衷。那一刻,阿敏真恨不能将这个世界砸个稀烂。她在办公室走来走去,像一头走投无路的饿狼,憎恨于无从下口。终于,阿敏看到办公桌上小老师留下的水的信,眼泪"哗哗哗"地淌了下来。

敏,请允许我这样称呼你,也请允许我说爱你。

真的,能让我如此动心的女孩(在我的心中,你永远是我的女孩)只有你啊。是的,我们有误会,但我不怪你,因为我知道这是你在乎我,我为什么要怪你呢?可我实在不忍心看着你折磨自己,所以写了这封短信,我让小老师给你送去,你就会知道我的心意。

其实,小老师实在是个不错的老师,但我与她只能是老师和家长的关系,这事她也承认的。虽然这个世界好女人有很多,但妻子只能是一个,你说是吗?我可不想为了什么"狡猾"付出代价,特别是在心爱的女孩面前。我会让你一辈子为没能找到一个"狡猾"的男人后悔的。其实我也很后悔,我后悔没在那天吃了你。你知道的,对吗?

好了,其他的事就交给小老师了。

此致

敬礼

水于 2001 年 9 月 3 日晚
不,应该是 4 日凌晨了

阿敏自以为平静的世界就这样给打破了。

阿敏不止一次地想,那一晚为什么会沉沉睡去,而不好好地看着水?那种对水极度的信任不正是爱的表现吗?为什么就没能把握住呢?既然肯定了这份感情,为什么就不能好好地珍惜?既然不能珍惜,又何必这么耿耿于怀?这个世界,水这样的男人又到哪里去找?当了十多年的记者,一直在做着沟通的工作,为什么唯独跟自己最亲爱的人无法沟通呢?阿敏怎么也想不明白。

这一切的一切,实在无法用一个"悔"字说清啊!

陷在这样一个爱情的魔咒里,阿敏终于自觉不自觉地为自己的任性付出了无可挽回的代价。

阿敏后来知道,水是为了救一个寻死的老乡走的。

当那个老乡的丈夫知道救他老婆的军人是个部队的大官,而且老婆去世多年还留下孤儿寡母时,竟长跪在地上不起,一个劲儿地打自己的嘴巴,后悔自己打老婆,害老婆寻死觅活而害了水。

那几天,阿敏的眼前老晃动着水救人时的身影,她努力地想象水救人时该有怎样的一种情景,可无论在梦里还是在现实,总是模糊一片。现在阿敏想起水的时候,竟是怎么也不知道他的模样,似乎他从来没在她的生活中出现过。

只有一句话证明了水的存在:

"嗨,还在书房哪?"

后 记

我一直在想，当我捧上这本自己写的、飘着油墨香的小说集《止痛针》时会有怎样的感觉？是惊喜交加抑或百感交集？好像都有，这种感觉是难以言表的。

我想起小时候坐在衣裳街的弄堂里纳凉，小伙伴争相讲故事，当我们准备开讲从父母那里听来的故事时，就开始了最初的创作——编"牛头不对马嘴"的故事。也许那时候，文字就在我心里扎下了根。

很惭愧，我从小读书平平，不用功，大多数时间无所事事，每天玩得忘了回家生炉做饭，忘了回家管弟弟妹妹，即便由此被母亲骂，也是这个耳朵进那个耳朵出，整个没心没肺的。自从我们家葡萄上一年级，每天看到老师在微信里布置的作业，我才发现，我读书时有多么不靠谱：回家不做作业，暑假和寒假作业也是非得拖到最后

止痛针
Zhitong Zhen

一天,匆匆赶着应付老师的检查,能少则少,能不做则不做,完全是蒙混过关。这样的结果让我的人生充满了各种的可能性和不可能性。

我练过体操,学过舞蹈,拉过小提琴,还参加过市总工会举办的唱歌比赛,年轻时还写诗,可是这些雕虫小技在我未来的岁月里被我丢了,丢得干净而彻底,所幸,这些经历化成了文字。喜欢写作,或许就是我记录美好回忆的最佳方式。因此,我不后悔这些曾经丢下的东西,能有今天,已经是文学的无限眷顾。因为懂得,所以成就,这种成就促使我出版了这本小说集,这"百感交集"对我而言,是对美好记录的一种回馈。

喜欢写字,却一直不敢碰小说,原因还是在于小时候的劣根性,懒惰而不清净,不能安安静静地坐下来写,更感觉自己驾驭文字的能力还不够。

2016年我去冰岛看北极光,回来时我告诉朋友,北极光是照片上的,是高倍相机里的,它远在天边,人的肉眼根本无法触及。这当然是指我所到达的北极。以至于回到家乡湖州后,它在我心里挥之不去,我把这种遇见写进了我第二本散文集《我在江南惹了你》。

近年来,在写作的道路上,特别感谢徐小斌老师给我的文学滋养,她的写作三要素"原创写作、诚实写作、深度写作"让我体味到文字之魅力。这是文字工作者和爱好者对文字最起码的信念感。

写作于我而言,欣慰的是完全循着自己的感觉找快乐,它是私密的、自由的,跟功利、名声无关,与成名成家更无半毛钱关系。虽然一直最喜欢的是小说,但是,小说好像并不钟情于我。至于这本小说集里的四个中、短篇小说,也是对自己梦想的尝试。这些文字是稚嫩的、不成熟的，但是，它们是有底线的，是我与这个世界的感同身受。

最后，感谢中山大学出版社，感谢主编悟澹老师，是你们让我美梦成真。